마스크를
벗어줘

마스크를 벗어줘

발행 2022년 02월 18일
저자 태중아이
펴낸이 한건희
펴낸곳 주식회사 부크크
출판사등록 2014. 07. 15(제2014-16호)
주소 서울특별시 금천구 가산디지털1로 119 A동 305호
전화 1670-8316
E-mail info@bookk.co.kr
ISBN 979-11-372-7459-4

www.bookk.co.kr

마스크를 벗어줘

| 태중아이 지음 |

BOOKK

CONTENTS

정 현 교

마스크를 벗어줘

리로딩

마스크를 벗어줘

나는 코로나 19가 싫다. 이유는 분명하다. 코로나 19로 생겨난 불편한 문화들 때문이다. 예를 들자면 5인 이상 집합금지로 친척들을 못 만나는 것과 좋아하는 노래방이나 PC방을 못 가는 점이다. 그중에서도 가장 불편한 건 역시….

"좋아하는 사람의 얼굴을 못 보는 거야."

"뭐라고?"

"아냐."

"나 문제에 집중하느라 못 들었어."

"아니야, 혼잣말이야."

"뭐야? 나한테 말하는 줄 알았잖아!"

나는 내 앞에 있는 이하나를 좋아한다. 이하나는 성실하고 좋은 인성을 가졌다. 언제나 다른 사람들을 도와주고 활발한 모습을 잃은 적을 본 적이 없다. 나와 이하나는 조금 운명적으로 만났다. 학교 첫날부터 나는 이하나의 옆자리에서 대각선으로 두 칸 뒷자리에 앉았으니까.

암튼 사람은 사랑이라는 것을 중요시한다. 역사를 봐도 사랑 때문에 목숨, 더 크게는 나라까지…. 나 또한 그렇다. 사랑, 이 한 단어로 목표가 없던 나에게 목표가 생겼다.

나는 내가 좋아하는 이하나의 얼굴이 보고 싶다. 그러나 코로나 19로 인해 마스크로 얼굴을 반 이상 가리고 다니는 지금은 어렵다고 생각한다. 나로서는 그 무엇보다 코로나 19 상황이 한 몸에 와닿는 위기 중의 위기다. 지금부터 나는 코로나 19와 싸우며 내 목표를 이루기 위해서 노력할 것이다. 그녀의 얼굴을 보기 위해서.

따뜻한 봄날은 조금 지나가고 5월이 된 지금, 나는 그녀와의 행복한 학교생활을 기대하며 가벼운 발걸음으로 학교로 향했다. 반에는 벌써 많은 아이들이 있었다. 그리고 내 자리에서 옆자리 대각선 두 칸 뒷자리에 앉아 있는 하나가 보였다. 나는 하나를 불렀다.

"이하나, 이거 먹어."

나는 그녀에게 캔커피를 주었다. 이유는 하나였다. 바로 그녀가 커피를 마시려면 마스크를 벗을 수도 있기 때문이다. 그저 나의 욕심을 담은 행동이지만 그만큼 간절했다.

그녀는 내가 건넨 캔 커피를 받으며 말했다.

"뭐야, 웬일로 이런 걸 줘?"

"1+1이었지. 설마 내가 너를 위해 샀겠냐."

그녀는 조용히 웃었다.

"고마워."

역시 성격이 좋은지라 하나는 이런 것에도 고맙다고 말했다.

"이 정도야…."

나는 내 몫의 캔 커피를 마시며 은밀하게 그녀 쪽을 쳐다봤다. 그녀는 캔 커피의 마개를 따고 어디서 났는지 모르는 빨대를 꽂아서 커피를 마셨다.

"그거 어디서 난 거야?"

나는 그녀의 빨대를 가리키며 조금 어처구니없어하는 표정으로 말했다.

"이거?"

"응."

"이거 코로나 때문에 항상 들고 다녀."

"그렇구나."

나는 조금 푸념했다. 뭐 그래도 이렇게 쉽게 성공하리라 생각하지는 않았다. 그러니 다음번에는 성공하기 위해 나아간다!

딩동댕동.

점심시간을 알리는 종이 울렸다. 반 아이들 모두가 점심시간을 알리는 종이 울리자 바쁘게 움직였다. 우리 학교는 다른 학교들보다 급식이 맛있기로 유명하다. 그래서 점심시간마다 아이들이 바삐 움직인다.

"우리 과학 쌤, 수업 잘한다니까!"

나는 자연스럽게 그녀에게 말을 걸었다.

"응."

그녀는 점심시간 전에 받은 과학 수업의 노트 정리를 서둘러 끝내고 있었다.

"열심히 하네."

"당연하지. 열심히 해야 좋은 점수를 받지."

나는 조용히 그녀를 쳐다봤다. 그렇게 몇 분 뒤 그녀는 노트 정리를 마치고 기지개를 켜며 나를 쳐다봤다.

"오늘은 밥 안 먹어?"

우리 반 아이들은 이미 급식실로 떠난 상태였다.

"응."

본래 나는 언제나 밥을 먹으러 가는 스타일이다. 그러니 그녀 입장에서는 내가 밥을 먹으러 가지 않는다는 것에 의문이 들 것이다.

"음… 웬일로?"

나는 내 가방을 열며 대답했다.

"빵이 있지!"

나는 가방에서 멜론빵과 크림빵을 꺼내서 그녀에게 보여줬다.

"이거 먹으려고 안 먹었어."

"뭐야, 웬일로 안 먹나 했네."

나는 크림빵을 뜯어 그녀에게 건넸다.

"자, 너 먹어."

그녀는 자신을 손가락으로 가리키며 물었다.

"나?"

"응."

뭐 그녀가 이걸 먹으려면 당연히 마스크를 벗어야 할 거다. 그렇다 밥을 안 먹은 것도 나의 계획이다.

"자! 나 손 아파!"

그녀는 조금 멍하니 빵을 쳐다보다가 내 빵을 받을 듯이 손을 뻗었다. 드디어! 나는 속으로 환호를 질렀다. 그러나 그녀가 손을 뻗은 것도 잠시.

"미안, 나 저녁 일찍 먹어서 별로 생각이 없어."

끄아악! 나는 속으로 크게 울부짖었다. 기대가 크면 그만큼 실망도 크다. 하지만 나는 고통을 이겨내고 그녀에게 다시 말을 이어나갔다.

"그래도 너 최근에 밥 안 먹었잖아."

나는 조금 앙탈 부리듯이 말했다. 그러나 그녀에게 돌아오는 대답은 긍정적이지 않았다.

"그래서 더더욱 안 돼."

"그래도 이거 너까지 생각해서 두 개 준비했단 말이야. 나 혼자 다 못 먹어."

나는 그녀에게 빵을 건넸다. 그녀의 손이 다시 빵 쪽으로 움직였고…….

"고마워!"

갑자기 내 뒤에서 불쑥 다른 손이 튀어나와 빵을 낚아챘다.

"으악!"

나는 놀란 나머지 외마디를 질렀다. 그리고는 뒤를 돌아봤다.

"누구야!"

"나다. 요 녀석아!"

우리 반 담임인 과학 선생님이었다.

"선생님? 왜 여기 있으세요?"

"오늘 메뉴가 새우볶음밥이라 안 먹고 빵 먹으러 왔지."

선생님은 장난스러운 말투로 말했다. 담임 선생님은 새우 알레르기가 있다.

"근데 너희 데이트 중이었냐? 이거 미안해지는데."

그럼 얼른 가시죠.

"뭐, 같이 좀 나눠 먹자."

아니! 가시라고요, 선생님!

"하나는 밥 안 먹니?"

선생님이 이하나를 쳐다보며 말했고 나도 그녀를 쳐다봤다.

"네."

그녀는 고개를 끄덕이며 말했다.

그렇게 나의 두 번째 계획도 실패했다. 화창한 봄날 두 남녀가 사랑을 이루는 건 어려운 것 같다. 나는 멜론빵을 한입 물며 생각에 빠져들었다.

'잠시만 이번 주 지나면 또 온라인이잖아!'

나는 선생님과 대화하는 그녀를 조용히 쳐다봤다. 아쉬운 마음이 남았다.

그렇게 시간이 흐르고 어느새 다시 찾아온 온라인 수업. 솔직히 온라인 수업이 처음에는 그저 좋았다. 그러나 내가 사랑에 빠진 후 온라인 수업 때문에 그녀를 만나지 못한다고 생각하니 마음 한편이 답답해지는 기분이었다.

언제나 똑같은 시간에 일어나는 아침. 나는 천천히 일어나 컴퓨터를 켜고 e학습터에 들어갔다. e학습터에 접속하는 도중에 로딩이 너무 길어 지루해서 세게 키보드를 한 대 때렸다. 안 그래도 기분이 좋지 않은데 이놈의 e학습터가 나를 더 기분 나쁘게 만들었다.

"하암."

보통 이맘때 일어나는 것이 익숙한데도 하품이 계속해서 나왔다. 그런데도 나는 졸음을 이겨내고 수업에 들어갔다. 정확히는 수업 영상을 재생시켜놓고 다른 짓을 하고 있었다.

카톡이 많이 와 있네?

핸드폰 위에 뜨는 카톡 알림을 보고 나는 듣고 있던 강의를 무시하고 카톡을 보기 시작했다. 우리 반 아이들만 모아놓은 단톡방의 메시지였다. 아이들은 누가 자가 진단을 안 했다느니 드디어 온라인이어서 좋다느니 많은 이야기를 하고 있었다.

나는 물을 천천히 마시며 카톡을 읽어 내려갔다. 내용은 점점 이상한 흐름으로 이어졌다. 수업과 상관없이 서로의 이야기로 주제가 바뀌었을 때, 나는 핸드폰을 끄고 다시 강의에 시선을 향했다. 카톡 내용 속에 이하나가 없는 것을 보고 흥미가 떨어진 것이다. 졸린 눈으로 천천히 넘어가는 강의를 멍하니 보며 이하나는 무엇을 하고 있을까, 생각했다.

"얼른 보고 싶네."

나는 혼자 조용히 중얼거렸다. 조용한 방 그저 강의 소리만 울려 퍼지며 나는 그리움에 빠져들었다.

그리고 다시 찾아온 월요일, 나는 빠르게 등교하려고 이른 시간에 일어나 급하게 교복을 입고 대충 아침으로 식빵을 먹으며 학교로 향했다. 무언가 나를 기다리는 사람은 없지만 나는 그녀를 기다리고 있었다.

빠르게 등교한 나는 교실 문을 열었다. 교실은 불을 안 켜서 밝지는 않았지만 커튼을 치지 않아 어둡지도 않은 저녁노을 같은 분위기였다. 그러나 교실에는 내가 찾던 것이 없었다. 본래 이하나는 성실한 성격이라 8시가 되기 전에 학교에 와있던 것이 이제는 당연해졌다. 그러나 오늘은 그녀가 보이지 않았다.

의문을 품은 채 천천히 흘러가는 시간 속에 그녀를 기다리기 시작했다. 1분, 3분, 5분 그리고 30분이 지나고 8시 30분이 되어 담임 선생님이 오고 조회가 시작될 때까지도 그녀는 아무 소식이 없었다. 나는 점점 초조해졌다. 반 아이들에게 이하나의 소식을 물어보려 했지만 다들 그녀의 소식을 모르는 분위기였다. 당황스러웠다. 아무도 그녀가 어디에 있는지, 무슨 일로 여기에 없는지 몰랐다. 생각이 여기까지 미치자 점점 부정적인 생각들이 머리를 맴돌았다. 기분이 이상했다. 머리가 아프고 배가 더부룩했다. 하지만 나는 다시 침착하게 생각했다.

아니야, 아마 내가 생각하는 것만큼 나쁜 일은 아닐 거야.

그렇게 생각한 나였지만 결국 정점을 찌르는 선생님의 한마디에 소름이 쫙 돋았다.

"그, 하나가 오늘 없지?"

선생님이 조금 뜸을 들이며 말하였다. 표정은 무언가 슬픈 일이 있었다는 것을 표현하듯이 점점 어두워지기 시작하다 결국 다시 입을 열었다.

"이번에 우리 지역에 코로나 19 환자가 생겼다. 근데 하필이면 그게 하나 가족과 친분이 있는 사이라 서로 만났던 관계자란다. 그래서 하나가 자가격리를 하게 되어서 못 나온다."

그렇게 선생님은 말을 하고 교탁 위에 손을 올리고 어색한 표정으로 우리를 쳐다봤다. 이하나는 우리 반에서 긍정적이고 성격도 착해서 많은 아이들이 좋아하는 아이였다. 그렇기에 이하나가 자가격리를 하다가 잘못되기라도 하면 코로나 확진까지 될 수 있다는 사실에 우리 반은 걱정과 불안감에 휩싸여 분위기가 어두웠다.

"선생님, 그럼 하나가 만약 음성 판정이면 언제 오는 거예요?"

"아마 음성일 것 같다고 하는데 그렇다면 다음 주에는 올 것 같아."

선생님은 정확하지 않다는 말투로 말했다.

나는 그 말을 듣고 점점 더 절망감에 빠져들었다. 이놈의 코로나 19 때문에 이렇게 되었다는 생각과 함께. 두근거리는 심장과 어째서인지 뜨거워진 몸과 너무나 많은 감정이 뒤섞여 머리가 터질 것 같았다. 나는 그럼에도 한 가지 생각을 반복했다.

아닐 거야. 이하나는 아프지 않을 거야!

나는 조회가 끝나고도 가만히 내 자리에 앉아 있었다. 아무도 나를 건드리는 아이는 없었다. 왜냐 나와 그녀가 정말 친한 사이라는 것을 모르는 사람은 우리 반에 없을 것이기 때문이다. 나는 마음속으로 수백 번을 외쳤다. 코로나 19가 너무나 싫다고 아니 이것보다 더 과장되고 심한 표현으로 말했다. 그럼에도 화가 풀리지 않았다. 그렇다고 나에게 돌아오는 것은 없었기 때문이다.

오늘도 첫 번째로 등교했다. 그녀가 없는 빈 교실이 나에게 익숙한 아침 풍경이 되어버렸다. 첫째 날은 충격이었고 둘째 날은 다시 찾아온 절망 같았고, 셋째 날은 후회했다. 그리고 지금은 그리움과 미안함이 들었다. 왜 이렇게 감정이 변하는지 나도 알 수 없었지만 하나는 분명했다. 그녀에게 내가 더 잘해주지 못해서 미안한 마음.

나는 무기력한 몸으로 1교시를 시작했다. 우리 반 아이들은 다행히 어느 순간 그녀가 갑작스럽게 생각나는 것이 아니면 대부분 그녀의 존재가 없음에도 평범한 학교생활을 해나갔다. 그러나 나만큼은 내가 학교를 다니는 이유의 99%가 사라진 것 같은 기분이었다. 그날 선생님의 말씀과 함께 두근거리는 심장에 기억이 아직도 나를 슬프게 만들었다.

딩동댕동.

오늘도 언제나 똑같은 종소리와 함께 학교가 끝났고 나는 천천히 혼자 하교를 하며 집으로 걸어갔다. 날씨는 따듯했지만 마음은 차가웠다. 집으로 온 나는 사는 게 아무 흥미 없다는 듯이 바로 침대에 드러누웠다. 침대는 언제나 그랬듯 푹신했다. 주머니에 있는 핸드폰을 꺼내 화면을 키고 전화에 들어가 천천히 화면을 내렸다. 그리고 'ㅇ'이 있는 곳 맨 마지막쯤에 갔을 때 '이하나'라는 이름이 보였다. 나는 그녀의 이름이 적힌 화면을 잠시 눌렀다가 망설이듯 고민을 했다. 결국 다시 손을 뺐다. 전화가 걸리지 않아 다행이었다. 그녀에게 전화하지 못했다. 정확히는 전화를 해도 무슨 말을 해야 할지 몰랐다. 나는 아무 감정이 없는 것이 아니라 너무나 많은 감정이 있었기에 더욱더 아무 말도 할 수 없었다. 월요일부터 지금까지 계속해서 그녀에게 전화하고 싶었다. 그러나 몸은 나의 마음을 따라주지 않았다. 내가 만약 그녀가 학교에 나올 때까지 그녀에게 전화해서 괜찮냐는 안부 전화를 한 번도 하지 않는다면 나는 그녀에게 미움을 받거나 그녀에게 나에 대한 기대치가 떨어질 수도 있었다. 나는 그렇게까지 생각하고 다시 핸드폰을 켰다. 그리고 망설임 없이 통화버튼을 눌렀다.

"제발 받아라."

나는 혼자서 중얼거렸다. 솔직히 그녀에게 미움받는 것보다 조금은 부끄럽지만 전화하는 게 더 낫다고 생각했다. 그렇게 조금씩 울려 퍼지는 전화 연결음. 1번 2번 3번. 계속해서 울리다가 어느 순간 멈추더니 그녀가 전화를 받았다.

"여보세요?"

내가 전화를 걸었지만 나는 당황한 나머지 의문형으로 말했다.

"왜 전화했어?"

핸드폰 속에서 익숙한 목소리가 들려왔다. 그녀의 목소리는 다행히 아픈 사람의 목소리는 아니었다. 그녀는 내 전화번호가 저장되어 있는지 나인 것을 아는 듯했다.

"안부… 전화?"

나는 또 물음표를 붙여 말했다. 그러나 이하나는 내 대답이 재미있었는지 조금은 웃으며 말했다.

"그게 뭐야? 그리고 왜 이렇게 늦게 전화했어?"

"미안, 여러 가지로 생각할 게 많았어."

나는 조금은 어색하게 말했지만 그녀가 아프지 않은 것 같다고 확신한 지금 행복하게 슬며시 웃었다.

"그… 가장 기다렸어."

"뭘?"

"네가 전화하는 걸."

"나?"

"왜 가장 친했으면서 이렇게 늦게 전화하면 안 되지! 다음부터는 이런 일 없도록 해."

이하나는 장난치듯이 나를 혼내며 말했다. 나는 오랜만에 그녀와 대화하는 것이 즐거웠다. 우리는 그렇게 계속해서 이야기를 나눴다. 단톡방에서 아이들이 하던 쓸데없고 끝없이 이어지던 이야기들을… 솔직히 이하나가 없는 동안 학교생활에 관심이 없었기에 그녀가 없는 동안 있었던 이야기들을 하기에 말할 것이 없었다. 그럼에도 나는 계속해서 그녀와 말하기 위해 이야기를 이어나갔다. 얼마나 지났는지 몰라도 많은 시간이 흐르고 결국 우리는 다시 건강한 모습으로 학교에서 만나기로 하고 이야기를 끝맺었다.

그렇게 금요일. 나는 다시 그녀의 마스크 쓴 얼굴을 볼 수 있었다. 나는 마스크를 써서 반 이상 가려진 얼굴을 보며 생각했다. 그녀가 어떤 표정으로 웃는지 어떤 입 모양을 하는지 아무것도 모른다. 하지만 나는 그녀가 내 앞에서 얼굴은 다 안 보여주지만 언제나 행복한 웃음으로 있는 것이 나로서는 고맙고 행복했다.

"근데 이하나, 너 얼굴이 어떻게 생겼는지 한 번도 못 봤다."

반장이 이하나에게 물어보는 것을 듣고 고개를 그쪽으로 돌려 귀를 쫑긋 세웠다.

"그게…."

이하나는 그 말을 듣고 조금은 당황스러운 표정을 지었다. 그때 반장과 이하나 사이로 중학교 때 이하나와 같은 학교를 나온 애가 달려와 말했다.

"하나 엄청 예뻐 눈만 봐도 예쁘잖아."

"아, 아니야, 장난치지 마."

이하나는 역시 이런 칭찬에 약한지 귀를 붉혔다. 나는 이하나 친구가 한 말을 듣고는 살며시 웃었다.

예쁘다니 기대되는걸….

나는 창밖을 쳐다봤다. 모두 마스크를 쓰고 다니는 시대지만 따뜻하고 향기로운 봄바람이 느껴졌고 예쁜 봄에 피는 꽃들이 보였다. 나는 바깥 풍경을 보며 생각에 빠져들었다. 이번 일로 깨달았다. 그녀의 얼굴을 보는 것은 코로나 19가 끝나 우리 둘 다 마스크를 벗고 서로의 얼굴을 보며 대화하는 그날로 정하기를….

오늘도 나는 얼굴은 다 안 보이지만 웃고 있는 그녀와 함께 학교생활을 이어가고 싶다. 나는 '그녀와 함께하는 행복한 학교생활'이 새로운 목표가 되었다.

리로딩

내 인생은 완벽했다. 아니 완벽했었다.

열심히 노력했다. 공부에 인생을 갈아 넣었다. 그러나 능력은 평범했다. 하지만 열심히 노력한 결과물로 우리나라에서 이름만 대면 다 아는 대기업에 들어갔다. 그 후 인생이 바뀌었다. 행복한 회사 생활이었다. 그러나 그것도 딱 2년이었다. 회사에 큰 사건이 터졌다. 나는 열심히 살았지만 부서지는 건 한순간이었다. 회장의 장녀가 사고를 친 것이다. 음주 후 교통사고를 냈고 그와 함께 회사가 대규모 사업에 실패하여 아직 말단이었던 이들을 대거 해고했다. 그중에는 나도 있었고 나는 그렇게 회사를 나올 수밖에 없었다.

불행은 불행을 불러온다고 한다. 교통사고를 당한다는 최악의 시나리오가 펼쳐졌다. 나는 아무것도 할 수 없었다. 더이상 할 수 있는 것이 없었다. 도전할 용기 또한 사라진 채 살았다.

나는 그렇게 쓸데없는 인생을 이어갔다.

[1]

따르릉-

알람이 시끄럽게 울렸다. 나는 내 옆에 있는 핸드폰 화면을 터치해서 알람을 껐다.

12월 24일 10시 12분. 핸드폰을 켜자 핸드폰 배경 화면에는 그렇게 쓰여 있었다. 나는 그 순간 오늘이 크리스마스이브인 걸 깨달았다. 평소 시간이 어찌 흘러가는지 관심이 없던 터라 큰 기념일이 지나가는 것도 전혀 몰랐다. 분명 23일 9시에 자기 시작했는데 일어나니 이튿날 밤이었다. 어제 온종일 롤만 하다 보니 그런 것 같다.

"으, 신발."

나는 아무 의미 없이 욕을 내뱉고 비틀거리며 몸을 일으켰다. 배가 고프기 때문이다. 어제는 게임 때문에 아무것도 안 먹었고 오늘은 온종일 잤기에 먹은 거라고는 하나도 없었다. 나는 허기진 몸을 간신히 일으킨 후, 방구석에 박혀 있는 패딩을 입고 편의점으로 향했다. 현관문을 키로 잠근 후 엘리베이터를 타고 내려왔다. 엘리베이터 안이었음에도 발이 시렸다. 나는 추운 몸을 끌고 편의점으로 뛰듯이 걸어갔다. 가로등이 하나밖에 없어 어두운 길이었지만 멀리서 보이는 편의점 불빛 때문에 세상 밝아 보였다. 나는 차가운 손으로 편의점 문을 열고 들어갔다. 편의점 안에는 뜨거운 공기가 돌고 있었다. 차갑게 얼었던 귀와 손이 녹는 느낌이 들었다.

편의점 문 앞에는 조금 작은 트리가 있었다. 트리에는 여러 장신구와 LED 전구가 걸려 반짝이고 있었다. 조금 특이한 건 맨 위에 있는 별이 반짝이고 있지 않았다는 것.

고장 난 건가?

나는 별 상관없으니 무시하고 좋아하지는 않지만 돈이 없어 어쩔 수 없이 먹는 라면 코너로 향했다. 라면 코너에는 당연하게도 많은 종류의 라면이 있었다. 나는 그중 싸지만 그만큼 맛없는 싸구려 라면 네 개를 들고 계산대로 향했다. 계산대에는 익숙한 얼굴이 있었다. 매일 이 시간대마다 보는 여자 알바생이었다. 이름은 이예은이었다. 딱히 아는 사이는 아니었다. 그저 그녀가 긴 금발에 예쁜 외모를 가지고 있다는 것과 그냥 명찰 보고 이름을 아는 정도?

나는 또다시 편의점에 오기가 귀찮아서 라면 네 개에다가 뭉텅이로 서너 개를 더 바구니에 담아 계산대로 향했다. 빠르게 결제를 마친 나는 봉지를 살 돈이 아까워 손으로 애써 다 담아 들었다. 그때였다. 명쾌하게 울리는 종소리가 뒤에서 들렸다. 편의점 문이 열리는 소리였다. 나는 소리에 반응하여 뒤로 돌았다. 그곳에는 검은 모자를 눌러쓰고 가벼운 운동복을 입은 젊은 여성이 서 있었다. 그냥 평범한 여성이었다.

그런데 어째서일까? 뭔가 그 여자에게 나타나는 이상한 기운이 있었다. 뇌는 기억하지 못하지만 몸은 기억하는 듯이 반응하는 느낌. 라면을 안듯이 들고 내가 그녀를 뚫어지라 쳐다보니 그녀도 나를 쳐다보며 말했다.

"왜, 왜 그러세요?"

그 순간이었다. 모자와 마스크 사이로 보인 눈. 그리고 목소리. 한순간 나는 손이 떨려왔다. 나는 안고 있던 여덟 개 컵라면을 우르르 떨어트렸다.

"최은아."

그녀 이름을 나지막이 불렀다.

나는 그녀에게 성큼성큼 걸어갔다.

그러자 최은아는 뒤로 조금씩 물러나기 시작했다.

"누, 누구신데."

그렇게 최은아 앞에 다다르자 기억 속 그녀의 얼굴과 완전히 똑같은 얼굴이 겹쳤다. 솔직히 나한테 실망했다. 어떻게 내게서 모든 걸 빼앗은 인간의 얼굴을 잊었던 걸까?

내가 키가 작은 그녀를 내려다보자 그녀는 조금은 겁먹은 표정으로 나를 올려봤다.

"서, 설마… 이현?"

어째선지 몰라도 그녀는 내 이름을 알고 있었다.

나는 그녀의 왼쪽 팔을 잡았다. 그러자 그녀는 내 팔을 뿌리치려고 몸부림쳤다.

"내가 누군지 기억한다면 네가 무슨 잘못을 했는지 알겠지?"

그러자 그녀는 어이없다는 듯이 말했다.

"잘못? 그건 네가 잘못한 거잖아! 네가 아무 능력 없는 놈이어서!"

나는 그녀의 말을 듣고 짜증이 치밀어 오르기 시작했다.

"이 신발."

내가 그녀의 오른팔을 잡으려 하는 순간 그녀는 내가 잡고 있던 왼팔을 뿌리치고 문을 열고 뛰기 시작했다. 나는 한순간의 망설임도 없이 그녀의 뒤를 쫓았다. 당연했다. 회사에서 잘린 그날 굳게 맹세했다. 만약 내 인생을 망친 그녀를 만난다면 그녀를 죽이겠다고. 솔직히 처음 이 생각을 했을 때는 나보다 어리기도 했던 그녀이기에 욕까지 생각했지만 3년이 지난 지금은 어떻게 해서든 죽이겠다는 생각밖에 들지 않았다. 나는 그렇게 전력을 다해 그녀를 잡으려고 뛰었다. 하지만 저질 체력인 나로는 따라잡기 어려웠다.

"신발! 거기 서!"

나는 목에 핏대를 세우며 소리쳤다.

우리는 빌라 단지 외곽을 쭉 돌았다. 심장이 터질 것 같았다. 하필이면 롱패딩에 슬리퍼를 신어서 달리는 것이 너무 힘들었다. 그렇게 3분도 못 달리고 지쳐서 멈췄다. 심장이 터질 것 같고 슬리퍼를 신은 발이 다 아파졌다.

"신발."

나는 욕과 함께 거친 숨을 내뱉었다. 너무 힘들었다. 나는 지친 몸을 이끌고 뛰어왔던 곳으로 다시 걷기 시작했다.

"아 신발, 슬리퍼만 아니었어도 잡았는데 에이 씨."

나는 괜히 슬리퍼에 화풀이했다.

더 쫓고 싶었지만 최은아가 달리는 속도로 봐서는 이미 멀리 도망간 듯했다. 이 만남을 얼마나 기다려 왔는데 이렇게 날려 버리냐. 나는 자존심이 상했다. 뭔가 내가 비굴하고 쓰레기 같았다. 이런 기회를 한심하게 포기해 버리고.

시간을 되돌릴 수 있다면 어떻게 해서라도 잡고 싶은 기분이었다. 나는 찜찜한 기분을 곱씹으며 다시 편의점으로 걸어가기 시작했다.

"뭐지?"

바닥에 조그마한 검은 지갑이 있었다. 딱 봤을 때 최은아 같은 부자가 쓸 것 같지 않은 지갑이었다.

나는 지갑을 열어 보았다. 지갑 안에는 조금의 돈과 카드 그리고 사진이 있었다. 사진은 조금 탄 상태였다. 한쪽은 최은아였고 옆에 있는 남성은….

억!

말이 나오려던 찰나 뒤에서 세게 치는 느낌과 함께 복부 뒤쪽에 무언가 강하게 박히는 느낌이 들었다. 나는 고개를 뒤로 천천히 돌아보았다. 뒤에는 검은 마스크와 모자를 쓴 덩치 큰 남성이 서 있었다. 나는 그 기억을 마지막으로 쓰러졌다.

[2]

따르릉-

알람이 시끄럽게 울렸다. 핸드폰 화면을 터치해서 알람을 껐다.

12월 24일 10시 12분. 핸드폰을 켜자 배경 화면에는 그렇게 쓰여 있었다. 그 순간 오늘이 크리스마스이브인 걸 깨달았다. 그렇다. 지금은 크리스마스이브 10시 12분이었다. 쓰러지기 전 있었던 일들이 머릿속에서 맴돌았다.

꿈 같았다. 아니 꿈일지도 모른다. 아니 현실일 수도 있다. 이상한 느낌이었다. 손에 땀이 고이기 시작했다. 아까까지 일이 정말 사실이라면 난 편의점에 간 후 최은아를 만나야 했다. 다시 죽는 과거를 보기는 싫으니까.

그러나 용기가 나지 않았다. 그렇게 나는 집에 앉아 있었다. 계속 배가 고파왔지만 참았다. 솔직히 이번에는 최은아를 만나고 싶기도 했고 그 지갑을 다시 보고 싶기도 했다. 뭔가 기묘하게 그 지갑에 이끌렸다. 하지만 그 결과가 죽음으로 이어진다 생각하니 두려웠다.

그렇게 시간이 흐르고 어느덧 10시 29분.

당연하듯 아무 일도 생기지 않았다. 그때 화면이 10:30으로 바뀌었다.

[3]

따르릉-

알람이 시끄럽게 울렸다. 핸드폰 화면을 터치해서 알람을 껐다.

"어?"

나는 그대로 행동을 멈추었다. 숨소리조차 나지 않았다. 굉장히 당황스러웠다. 몸에 식은땀이 났다. 죽어서 반복되는 것이 아니라 30분이 넘으니 10시 12분으로 돌아왔다. 두려움이 몰려왔다. 뭔가 당황스러웠고 황당했다.

뭐지? 도대체 나한테 왜 그러는 거야?

황당함과 함께 공포감이 몰려왔다. 이제 선택의 길에 놓였다. 이곳에 남을 것인가. 아니면 나가서 아까와 같은 선택지로 돌아갈 것인가.

분명 선택지는 두 개였다. 하지만 방금 같은 상황을 겪은 나는 첫 번째 선택지가 얼마나 무의미한지 알고 있다. 그렇기에 나는 패딩을 입고 신발을 신었다.

아까와는 달라야 한다. 이번에는 달라야 살 수 있다.

마음속으로 굳게 다짐했다.

그렇게 아까 갔던 길로 접어들었다. 여느 때와 같은 길을 걸어 편의점으로 들어갔다. 그리고 기다렸다. 천천히.

덜컥!

나는 라면 코너 쪽에 조용히 숨어 문이 열리는 소리에 반응하여 조그마한 구멍으로 문을 열고 들어오는 최은아를 보았다. 나는 천천히 때를 기다렸다. 아까는 최은아가 문 앞에 서 있어서 도주 경로가 있었다. 이번에는 편의점 안에서 대화해볼 것이다. 왜냐하면 아마 과거가 반복되는 지금 이 삶은 그녀와 연관이 있을 것 같기 때문이다. 몇 년 동안 그녀와의 만남을 기대해 왔다. 그런데 오늘 그 일이 일어났고 과거가 반복되었다. 그러니 답은 하나였다. 그녀에게 뭔가 있다.

그때였다. 생각에 빠져 있을 찰나 최은아가 라면 코너로 들어왔다. 순간 그녀는 나를 보고 멈칫했다. 나도 그녀를 뚫어지라 쳐다봤고 그녀도 나를 뚫어져라 쳐다봤다. 그렇게 서로서로 쳐다보는 것을 지속하던 순간 내가 먼저 용기를 내 입을 열었다.

"너는 어떻게 내가 누군지 알아?"

나는 직설적으로 물어보았다. 첫 번째 상황에서 그녀는 나를 알아보았다. 그렇기에 뭔가 나도 모르는 무언가 있는 것 같았다. 솔직히 조금 놀라웠다. 어떻게 나를 알고 있는 것인지 나는 이해할 수 없었다. 그와 나는 다른 세계의 사람이라고 생각해왔으니 말이다.

입을 굳게 다물었던 최은아가 결심한 듯 입을 열었다.

"나는 네가 누구인지 몰라. 비켜! 지나가게."

그녀는 내 어깨를 밀치고는 내 뒤로 지나갔다.

거짓말이다. 더 생각할 것도 없었다. 당연히 거짓말이었다. 누구도 그녀의 형편없는 거짓말을 듣고 믿어 주지 않을 것이다. 나는 그녀의 뒷모습을 계속 쳐다봤다.

뭔가 이상해.

뭔가 보다 보면 기억이 날 듯하다가도 나지 않는다. 그녀는 내 시선을 애써 무시하고 아무것도 사지 않은 채 편의점을 나가 버렸다. 나는 그녀의 뒤를 쫓으려 했다. 그런데 갑자기 머리가 지끈거렸다. 나는 조금 비틀거렸다.

"괜찮아요?"

내가 갑자기 쓰러지자 상황을 지켜보던 알바생 이예원이 나에게 달려왔다. 그녀가 흐릿하게 보였다. 나는 어지럽고 몸 상태도 별로였다. 그러나 최은아를 쫓으려고 일어섰다. 하지만 이미 늦었다. 문밖으로는 최은아의 그림자조차 보이지 않았다. 이번에는 저번과 다를 줄 알았는데 이번에도 똑같았다.

그래도 안 죽은 게 어디야.

나는 속으로 나를 위로했다.

그때 나를 잡고 있던 편의점 알바생인 이예원이 나에게 말을 걸었다.

"혹시 둘이 아는 사이에요?"

나는 그녀의 말을 듣고 조금 당황했다. 그녀와 나는 아무 사이도 아니다. 그저 내가 소비를 해야 할 때 만나야 하는 정도다. 대화도 안녕하세요, 안녕히 가세요, 정도였다. 그것도 그녀가 나한테 그렇게 말하고 내가 네, 라고 대답하는 사이. 근데 갑자기 이런 질문을 하니 많은 생각이 들었다.

"잘 모르겠네요. 저는 최은아라는 사람을 알지만 그녀는 저를 모른다는 정도."

나는 어찌 대답해야 할지 몰라 말끝을 흐렸다.

"그런가요?"

그녀는 왠지 모르게 아까와 다르게 살짝 웃고 있었다. 나는 이유를 알 수 없는 그녀의 웃음이 조금 황당했다.

"그렇죠? 최은아 씨는 예전에 유행했던 드라마 때문에 모르기 힘들죠."

드라마? 최은아가 드라마에 주연으로 나왔었다고?

전혀 모르는 사실이었다. 그리고 많은 사람이 아는 유명 드라마에 주연으로 나왔다니 전혀 몰랐다.

"그 혹시… 자세히… 윽."

그 순간 아까처럼 머리가 아팠다. 나는 갑자기 찾아온 두통에 머리를 싸매고 벽에 몸을 기댔다. 그러나 두통은 멈출 기미를 보이지 않았다. 나는 계속되는 두통에 어쩔 줄 모른 채 흐려져 가는 시야로 앞에 있는 이예원을 쳐다봤다. 그렇게 나는 오래가지 못하고 쓰러졌다. 천천히 시야가 어두워졌고 나에게 소리치는 알바생 이예원의 목소리가 들려왔다.

"이현 씨!"

"일어나세요!"

이- 혀- 어- ㄴ-

잠시 정적이 흐르고 또다시 반복되는 소리가 울렸다.

[4]

따르릉-

알람이 시끄럽게 울렸다. 나는 핸드폰 화면을 터치해서 알람을

꼈다. 또다시 반복되었다. 그러나 건진 게 하나 있었다. 그녀가 나를 안다는 것과 이 빌어먹을 회귀가 계속 반복된다는 것이다. 나는 고민에 빠졌다. 어차피 가만히 있어도 이 시간이 반복된다. 그렇기에 뭐라도 해봐야 한다. 하지만 만약에 회귀하는 것에 제한이 있다면? 내가 죽는 미래에 회귀하는 것이 멈춘다면? 나는 깊은 고민에 빠졌다.

그때였다. 핸드폰 진동이 울리기 시작했다. 얼른 핸드폰을 확인했다. 왜냐하면 핸드폰에 진동이 울리는 미래는 없었기 때문이다. 핸드폰에는 메시지 하나가 와 있었다.

"당신에게 경고를 보냅니다. 더이상 무의미한 반복은 허락하지 않습니다. 굉장히 만족스럽지 않습니다. 미래를 바꾸려 노력하세요."

메시지는 이해할 수 없는 말들이 가득했다.

"더이상 무의미한 반복."

그러나 이 문구가 의미하는 바는 컸다. 아마 내게 어떤 일이 일어나는지 알고 있다는 것이다. 아니, 이 사건의 원인일 수도 있다. 만약 그렇다면 나는 또 죽을 수 있다는 것이다.

공포심이 몰려왔다. 그러나 처음과는 달랐다. 나는 그녀에게 물어볼 것과 알아낼 것이 많았다. 나는 다시 편의점으로 향했다. 그리고 그녀를 기다렸다. 도박이다. 나는 이번에는 그녀의 지갑을 볼 것이다. 처음과 똑같이 말이다. 하지만 이번만큼은 그 '묻지 마 살인범'과 만나지 않기를 바랄 뿐이다. 만약 만난다면 죽는다. 그때 잠깐 봤지만 일반적인 체격이 아니었다.

"덜컹!"

편의점 문이 열렸다. 나는 저번과 똑같은 미래를 위해 그때와 똑같은 대화와 행동을 했다. 그녀 또한 똑같이 행동했다. 그리고 그녀는 또다시 도망쳤다. 나는 저번과는 다르게 그녀를 쫓았다. 이번에는 저번과 다르게 그녀가 아니라 지갑 속 사진이 목적이었다. 저번에는 슬리퍼를 신고 언 도로를 뛰는 것이 힘들었지만 이번은 달랐다. 지금은 충분히 그녀를 잡을 수 있었다. 하지만 저번에 멈춘 곳에서 달리는 것을 멈추고 다시 뛰어온 곳을 걸었다. 다행히 그곳에는 저번과 똑같이 지갑이 있었다. 나는 바닥에 떨어진 지갑을 들었다. 지갑에 묻은 먼지를 털어낸 후 편의점 근처로 천천히 뛰며 지갑을 열었다. 또 거기서 서서 지갑을 보다가는 죽을 것이다. 편의점에 불빛이 보이기 시작했을 때쯤 안심하고 지갑 속 사진을 보았다.

최은아와 한 남성이 한 골목에서 웃으며 서 있는 사진이었다. 왠지 모르지만 남성의 얼굴 반쪽이 타 있었다.

탄 사진 속 보이는 남성의 얼굴. 어디서 본 얼굴이다.

분명 어디서 봤다. 마치 최근에도 본 것 같다. 그런데 왜 기억이 안 나지? 아는데 모른다. 기분이 이상했다. 그때였다. 생각에 빠져 걷다 보니 나는 어느새 편의점 앞에 서 있었다.

"아, 벌써 다 왔나."

사진에 집중하다 보니 나도 모르는 사이에 편의점 앞에 서 있었다. 나는 일단 추우니 편의점 안으로 들어가려 투명한 유리로 된 문을 밀려 손을 뻗었다. 그러나 문을 열지 못했다. 유리문에 비친 남성의 얼굴이 사진 속 남성의 얼굴과 똑같았다. 그렇다. 사진 속 남자는 나였다. 당황스러웠다. 나는 전혀 기억이 없었다.

그녀와 내가 사진을 찍었었다고?

아니, 이게 중요한 게 아니었다. 내가 내 얼굴을 못 알아봤다. 뭔가 이상했다. 내 존재 자체가 뭔가 이상했다. 과거가 명확하게 기억나지 않는다. 분명 옛날 고등학교를 나온 기억도 중학생 기억도 완벽하게 기억났다. 하지만 어째서인지 대학생부터 최근 한 달을 제외하고는 그 어떤 기억도 나지 않았다. 그저 최은아 때문에 직장에서 잘렸다는 정도이다. 이 추운 겨울날 식은땀이 흘렀다. 나는 소매로 흐르는 식은땀을 닦고 다시 생각에 빠졌다.

어떻게 된 것일까?

모든 게 미스터리였다. 더이상 나조차도 믿을 수 없었다. 상실감과 함께 의문이 더 커졌다. 30분이 되면 다시 반복된다는 것을 알고 있는 나는 핸드폰을 꺼내 시간을 확인했다. 많은 일이 일어난 것 같았는데 아직 26분이었다. 앞으로 약 4분간 할 게 없었다. 나는 그동안 쌓인 단서들을 정리했다.

최은아는 나를 알고 있으며 언제 왜 찍었는지 모를 나와의 사진을 지갑에 지니고 다닌다. 그렇다는 것은 이 모든 의문에 답을 아는 것은 오직 한 명이다. 최은아. 그녀는 나를 알고 있다. 그럼 아마 비어버린 지난 7년간의 기억을 그녀는 알 수도 있을 것이다.

다시 과거로 돌아간다면 이번에는 어떻게 해야 할까? 최은아에게 어떻게 말해야 나는 최은아를 설득하고 답을 찾을 수 있을까? 생각해 보니 최은아가 주연으로 드라마에 등장했다 하지 않았나? 나는 아까 이예원에게 들었던 말을 떠올렸다.

덜컹!

시간이 2분도 안 남은 타이밍에 편의점 문이 열렸다. 나는 문이 열리는 소리는 들었지만 굳이 그쪽을 쳐다보지 않았다. 어차피 이제 곧 다시 과거로 돌아갈 것으로 생각하고 있었기 때문이었다.

그러나 이때 내 선택은 틀렸다. 문을 열고 온 그는 천천히 내 쪽으로 접근하더니 내 뒤를 노렸다. 다행히 나는 그가 휘두른 둔기를 피했다. 그와 동시에 이예원이 비명이 들렸다. 내가 둔기에 맞는 줄 알았나 보다.

그제야 지금 내가 놓인 상황을 이해했다. 내게 둔기를 휘두른 사람의 얼굴은 익숙했다. 그렇다. 나를 죽였던 '그 묻지 마 살인범'이었다.

"나한테 왜 그러는 거야!"

나는 그에게 버럭 소리쳤다. 당연하다. 그가 갑자기 편의점에 등장하다니 이상했다. 그것도 가까이 있던 알바생도 아닌 나를 먼저 노리다니 마치 나를 어떻게 해서든 죽이려는 듯이. 수많은 생각이 들었다. 하지만 그 답은 남자의 한 마디에 정정되었다.

"헛소리 마! 너는 최은아를 빼앗아 간 죄가 있어!"

의외에 대답이 돌아왔다.

또, 또, 최은아였다. 그놈의 최은아! 마치 내 인생에 전부 같았다. 내 모든 일에 얽혀있는 여자. 잠깐 생각하고 있을 때 그는 어느새 나에게 성큼성큼 다가오고 왔다. 그리고 있는 힘껏 둔기를 휘둘렀다. 나는 날아오는 둔기를 피했다.

"신발!"

나는 크게 욕을 내뱉으며 뒤로 자빠졌다. 빠르게 피하다 보니 뒤를 보지 못하고 진열대에 부딪혀 그만 자빠지고 말았다. 나는 쿵, 소리를 내며 바닥에 나자빠졌다. 엉덩이뼈가 울리며 심하게 아팠다. 아픔을 느끼기도 직전 묻지마 살인마는 내 머리를 향해 들고 있던 방망이를 크게 휘둘렀다. 피할 수 없다. 빠르게 날아오고 있는 흉기를 피하기에는 내 몸은 불완전한 상태였다. 나는 눈을 질끈 감았다. 그런다고 달라지는 것은 없겠지만 말이다.

"죽어!"

그는 크게 소리쳤다.

파지직-

갑자기 들리는 전기가 흐르는 소리. 나는 그 소리에 반응하여 눈을 떴다. 눈을 뜬 내 앞에는 살인마가 가만히 서 있다가 갑자기 뒤로 힘없이 쓰러지는 장면이 연출되었다. 나는 당황했다. 남자가 쓰러진 후 보이는 그 뒤에 서 있던 여성을 보고 나는 그제야 상황을 이해했다. 이예원은 테이저건을 들고 있었다. 그녀는 살인범이 쓰러지고서 움직이지 않자, 안심하는 표정을 지었다. 나는 몸에 묻은 먼지를 털며 일어났다.

"감사합니다. 덕분에 살았어요."

나는 감사 인사를 표했다.

"아니요. 당연한 일을 한 건데요."

그녀는 생긋 웃으며 당연하다는 듯이 말했다.

그런데 그녀는 조금 아쉬운 듯한 표정을 지었다.

"왜 그러세요?"

나는 어차피 이제 돌아갈 시간이라 앞뒤 생각 안 하고 직설적으로 물어보았다.

"조금 아쉬워서."

그녀는 그녀 오른손에 든 테이저건을 가리켰다.

테이저건 쓰는 게 아깝다고? 뭔가 다른 용도가 있던 건가? 내가 그렇게 생각하기도 전에 이미 다시 과거로 돌아가 버렸다.

[5]

따르릉-

알람이 시끄럽게 울렸다. 나는 핸드폰 화면을 터치해서 알람을 껐다.

여태까지 일 중 내가 할 수 있는 일이 없었다. 뭔가 큰 증거를 따라가고 싶어도 그럴 만한 증거가 없었다. 일단은 최은아가 출연한 드라마를 아는 이예원한테 물어봐야 할 게 있다. 그리고 이예원과의 대화를 통해 알게 된 정보로 최은아에게 여러 가지 물어봐야 할 게 있다.

나는 핸드폰을 켜보았다. 어째서인지 와이파이가 터지지 않았다. 어젯밤 끄지 않은 컴퓨터 또한 인터넷 연결이 안 되어 있었다. 이래서는 검색을 통한 조사는 불가능했다. 그렇다면 어쩔 수 없이 일일이 조사해야 했다.

그때였다. 핸드폰이 진동음을 울렸다. 나는 핸드폰 화면을 봤다.

"잘하고 있습니다. 하지만 당신을 도와준 그녀를 너무 믿지 마세요."

이번에는 간결하게 두 문장이었다. 잘하고 있다는 건 내가 미래를 바꾸는 것을 잘하고 있다는 것인가? 첫 번째 문장은 이해가 갔지만 두 번째 문장은 이해가 되지 않았다.

"하지만 당신을 도와준 그녀를 너무 믿지 마세요."

도와준 그녀라는 건 이예원을 말하는 건가? 나는 의문을 품었다. 일단 믿지 말라는 사람이 이예원이라 한다 해도 왜 믿지 말라는 것일까? 내가 이예원은 그저 착하기만 한 편의점 알바생이었다. 그저 충고일까? 아니면 사람을 너무 믿지 말라는 조언일까? 솔직히 말해서 나는 저 수상한 메시지를 믿을 필요가 없다. 오히려 내 목숨을 살려 준 이예원을 믿는 게 나았다.

나는 자리에서 일어나 다시 편의점으로 향했다. 이번에는 최은아를 만나지 않을 것이다. 그러나 편의점에는 들러야 하기에 그녀에게 정체를 들키지 않기 위해 모자를 꾹 눌러쓰고 밖으로 나왔다. 나는 이번만 네 번째로 똑같은 길을 걸었다. 그리고 편의점에 도착했다. 편의점에서 가만히 정렬된 상품을 보고 있을 때 최은아가 문을 열고 들어왔다. 최은아는 다행히 구석에 박혀서 상품을 구경하는 척하는 나를 알아보지 못했다.

그녀는 라면과 과자 등 여러 즉석식품을 마구 담아서는 빠르게 결제하고 편의점 밖으로 나갔다.

라면이나 인스턴트 식품을 좋아하는 건가? 저런 거 안 좋아하게 생겼는데.

나는 그녀가 떠나자마자 계산대로 자연스럽게 상품 몇 개를 들고 향했다. 들고 온 물건을 계산대에 내려놓은 후 나는 이예원에게 질문을 던졌다.

"혹시 방금 저분 최은아 아니었나요?"

평소 말을 잘 안 하던 내가 그녀에게 먼저 말을 걸자 이예원은 조금 당황하다가 생긋 웃으면 대답해줬다.

"최은아였어요! 닮았다고 생각했는데 정말 최은아 씨였나 봐요!"

"그러게요. 실물은 처음 보네요."

사실은 앞선 시간대에서 보긴 했지만.

"그러게요, 엄청 예쁘시네요. 예전에 드라마 '로딩'에서 엄청 인상적이게 봤는데."

저번과 똑같이 그녀가 먼저 최은아 씨가 출연했었던 드라마 이야기를 꺼냈다. 나는 그녀가 하는 이야기에 꼬리를 물었다.

"로딩이요? 처음 들어 보는데 최은아라는 분이 드라마도 출연했었나요?"

내 말을 들은 이예원은 놀란 듯한 표정을 지었다.

"설마 최은아 씨가 출연한 드라마 안 보셨어요?"

"아, 네."

그게 그렇게 유명한 건가? 나는 전혀 감이 잡히지 않았다.

"엄청 유명한데 시청률 40% 넘고 전 국민이 아는 드라마인데. 거기다 해외로 많이 수출돼서 엄청 유명해요."

시청률 40%에다가 세계적으로 알려질 정도로 유명하다라. 그런데 나는 전혀 몰랐다. 잊힌 기억들 속에 있는 것일까? 이예원은 계속해서 말을 이어갔다.

"솔직히 최은아 씨가 숨기고 있던 가족 관계하고 그 후에 일어나는 사건만 없었어도 정말 인기인이었을 거예요."

사건? 뭔가 큰 사건이 있는 듯한 느낌이었다. 나는 그녀에게 물어보려 입을 열었다.

"제가 너무 혼자 말했죠. 자 결제했습니다. 4,300원입니다."

내가 물어보려 하는 타이밍에 그녀는 말을 끊었다.

다시 물어보려 했으나 이미 타이밍을 한참 놓쳤다. 나는 어쩌다 보니 계산을 해버렸고 이제 편의점을 나가는 선택지밖에 없었다. 괜히 이미 끝난 이야기를 꺼내면 억지 같기도 하고 그러면 이예원이 말해주지 않을 것 같았다. 어쩔 수 없이 문으로 향했다. 그때 이예원이 말을 걸어왔다.

"저기… 혹시 최은아 씨를 좋아하세요?"

뜬금없는 질문이었다.

갑자기 그런 걸 물어본다고? 평소 그녀의 이미지를 생각했을 때 정말 이해가 안 되는 말이었다. 나는 그래도 대답했다.

"조금 관심이 있는 정도예요."

대충 흘리듯이 말했다. 그런데 어째서인지 이예원에 표정이 영 안 좋아 보였다. 할 말이 없는 나는 이곳을 빨리 벗어나자는 생각으로 문손잡이를 잡아당겼다. 그런데 손이 미끄러졌다.

한순간 몸이 멈칫하며 심장이 답답하고 숨이 턱 막혔다. 그리고 그대로 온몸에 강한 통증이 퍼졌다. 나는 그대로 쓰러져 버렸다.

얼마나 지났을까. 나는 누군가 내 어깨를 툭툭 치는 느낌에 일어났다. 머리가 띵해 왔다. 앞이 잘 보이지 않았다. 그러나 감각은 깨었기에 몸이 움직이지 않는 것을 알 수 있었다. 무언가에 묶여 있었다. 나는 움직이려 몸을 비틀어 봤지만 미동조차 할 수 없었다.

"가만히 있어요. 어차피 안 풀려요."

익숙한 목소리였다. 나는 그 순간 방금 내게 있었던 일을 이해했다. 목소리의 주인은 바로 이예원이었다. 나는 그녀를 사납게 쳐다보았다. 하지만 입과 손과 발이 묶여 있어 말을 할 수도 움직일 수도 없었다. 아마 나는 물류창고 안에 있는 듯했다. 옆에는 큰 상자들과 여러 식료품들이 널려 있었다.

"그러게, 왜 그랬어요."

그녀는 갑자기 혼자서 말을 하기 시작했다.

"정말 이런 일까지 만들게 하고…. 처음 본 최은아라는 여자한테 반해 버리고 하면 나중에 나보다 예쁜 여자를 만나면 바로 반해서 아무것도 못 할 거잖아."

그녀는 이상한 개소리를 했다. 마치 내가 그녀를 좋아했는데 바람을 피웠다는 듯이 말이다.

"읍… 읍으으."

개소리하지 말라는 말을 했지만 전혀 알아들을 수 없는 소리가 나왔다.

어찌해야 할까? 오만 가지 생각이 다 들었다. 하지만 지금 내가 할 수 있는 것은 팔다리가 묶인 채로 가만히 앉아 있는 것이었다. 솔직히 가만히 있는 것도 나쁘지 않았다. 왜냐하면 어차피 30분이 되면 그전 시간대로 돌아갈 것이기 때문이다. 그저 지금이 몇 분이 지났는지가 조금 궁금할 뿐이었다.

"나는 이현 씨가 좋아요."

그녀가 이름을 말하는 순간 소름이 돋았다. 나는 여태까지 그녀에게 이름을 가르쳐 준 적이 없다. 생각해 보니 같은 상황이 세 번째 반복됐을 때 그녀가 내 이름을 불렀던 것이 어렴풋이 기억이 났다. 그때는 여러 가지로 생각할 것이 많아 자연스럽게 넘어갔지만 지금 생각하니 충격이었다.

"정말 좋아했어요. 그래서 매일매일 관찰하고 언젠가 이런 상황을 생각하면 혹시 몰라 테이저건도 사두었죠."

그녀의 말을 듣다 보니 조금 퍼즐이 맞춰졌다. 네 번째에 테이저건을 사용했을 때 안타깝다는 듯한 얼굴도 어렵게 구한 물건을 허무하게 사용해서인가? 나는 나를 욕하고 깎아내릴 수밖에 없었다. 그때 메시지로 온 충고만 수용했으면 이런 일은 일어나지 않았을 것이다.

"그래요. 이제 우리 함께 지내요. 아, 그리고 편의점 CCTV에 찍혔거나 그런 기대는 하지 말아요. 이거 저희 부모님이 물려주신 제 가게니까."

그녀는 끔찍한 말을 이어갔다. 얼른 30분이 되기만을 간절히 바랄 뿐이었다. 이예원은 내가 크게 반응하지도 않는데 계속해서 말을 이어갔다.

"근데 정말 오래 쓰러져 있었어요. 한 20분은 있었던 것 같아요."

그 순간 나는 손에 식은땀이 흐르면서 심장이 빠르게 뛰었다. 당연했다. 나는 계속해서 30분만 넘으면 이 모든 것이 해결된다고 생각했다. 그런데 이예원의 말이 진실이라면 나는 이미 30분이 넘었는데도 시간이 반복되지 않고 계속해서 흐르는 시간 속에 있다는 것이다. 나는 어찌하여 이번에는 반복되지 않았는지 알 방법이 없었다. 시간이 반복된다는 것을 알았을 때 나는 이런 결말을 원하지 않았다. 솔직히 시간이 반복된다는 것이 정말 끔찍하고 싫었던 것은 사실이다. 그래도 이 반복되는 30분 동안 최대한 좋은 결말을 원했다. 그리고 나는 아직 잃어버린 7년의 정확한 기억들과 최은아의 진실을 알아내지 못했다.

그때였다. 편의점 문이 열리는 소리가 들렸다. 이예원은 그 소리에 반응하여 조심스레 문을 열고 나갔다.

"조용히 있어요. 이제부터 시작이니까."

그렇게 말하고 나가는 이예원을 강하게 노려보았다.

이예원이 나간 후 한 남성의 목소리가 들려왔다. 익숙하면서도 낯선 목소리였다. 그러나 그것도 한순간이었다. 남성이 고함을 지르는 소리가 창고 내부에 들려오자 나는 그가 누구인지 확신했다.

'살인범이다. 묻지 마 살인범!'

뭣 같았던 기억밖에 없던 그였지만 이렇게 목소리를 들으니 뭔가 반가운 기분이었다. 살인마와 이예원이 대화하는 시간을 틈타 나는 얼른 몸을 비틀며 이리저리 움직이려 노력해봤다. 역시 너무 단단하게 묶여 있어 몸을 움직일 수 없었다. 그때 오른쪽 잠바 주머니에 넣어 두었던 핸드폰이 울려오기 시작했다. 진동이 2번 울리더니 멈췄다. 아마 메시지 2개가 온 듯했다.

쾅!

갑자기 힘찬 소리와 함께 문이 부서지듯이 열렸다. 내가 그곳으로 고개를 돌리자 거기는 익숙한 남성이 서 있었다.

"진짜 지랄을 한다."

그는 묶여 있는 나를 보자마자 욕을 내뱉었다.

그를 보자 이예원은 어떻게 된 거지라는 생각보다 이것이 더 잘못된 선택지라는 것을 깨달았다.

"그래 내 얼굴 보니까 옛 생각나고 기분 좋지?"

그는 알 수 없는 말들을 내뱉었다.

지금에 나에게 옛 기억이라는 것은 없었다. 사라진 7년간 무슨 일이 있었기에 나한테 이런 일들이 일어나는지 과거의 나에게 물어보고 싶을 정도다.

그는 계속해서 말을 이었다.

"자, 약속해. 너는 지금부터 과거를 잊고 사는 거야. 과거에 누나와 있었던 끔찍한 사건들은 모두 잊어. 그러면 되는 거야. 그렇게만 되면 우리 모두 행복해지는 거야."

그는 계속해서 과거에 대하여 언급했다. 누나는 누굴까? 나는 저 살인범의 누나와 무슨 일이 있었던 걸까? 계속해서 궁금증만 생길 뿐이었다.

"자 이제 선택해. 정말 저 집에 틀어박혀서 가만히 산다고만 약속하면 살려는 줄게. 난 사실 널 죽이러 온 거야! 하지만 협조한다면 굳이 피 볼 일은 없을 거야."

그는 침착하게 나에게 말을 이었다.

나는 그가 하는 모든 말들을 이해하기 어려웠다. 애초에 그와 연관된 나의 과거에 대하여 아는 것이라고는 하나도 없었다. 하지만 살인범이 살려 준다고 하면 누가 거절하겠는가. 이제 시간이 반복되지 않는다는 것도 알기에 나는 고개를 끄덕이며 알았다고 말했다.

"읍! 읍! 읍!"

역시 전혀 알 수 없는 소리가 되어 나갔다. 그래도 내가 머리를 끄덕이며 말을 했기에 살인범은 내 말을 알아들었는지 내 팔과 다리를 묶고 있는 밧줄을, 지난 기억에서 내 복부를 뚫었던 칼로 천천히 잘라내었다. 나는 가만히 그가 밧줄을 다 풀 때까지 기다렸다. 그는 밧줄을 다 풀고 난 후 몸을 움직였다. 나는 가만히 서 내 앞에 서 있는 그를 쳐다보았다.

"그날 교통사고도 누나가 의도적으로 한 게 아니야. 그저 너와의 실연으로 방황하다 생긴 사건이었으니까."

그는 나에게 차근차근 설명하기 시작했다.

나는 그 대화가 무엇을 의미하는지 하나도 모르기에 그저 천천히 흘러가는 대화를 들었다.

"그러니 이제는 다 잊어 줘. 누나는 하루하루를 슬퍼하고 있어. 너도 알 거 아니야 누나와 넌 5년간 사귀던 사이었으니까."

대화에 흐름이 나와 저 살인범의 누나가 연인이었다는 듯이 흘러갔을 때, 예상은 했지만 설마 5년이나 사귀던 사이었다니. 그런 사건조차 기억하지 못하고 7년이라는 기억과 함께 사라졌다는 사실이 답답했다.

"이제 가도 돼."

그는 문밖으로 손짓했다. 나는 조금 그의 눈치를 보다 머뭇거리며 밖으로 나가려 한 발자국 발을 앞으로 디뎠다.

"근데 왜 계속 말이 없어? 벙어리처럼 서 있는 거야?"

그는 조금 이상하게 행동하는 나를 의심했다.

나는 자연스럽게 행동하려고 그의 말에 대꾸했다.

"그냥 방금 큰 사건이 있기도 했고 나, 나도 나쁘게 생각하지 마. 이제 너도, 나도 다 잊고 살자."

나는 조금 말을 더듬었다. 솔직히 한 번 나를 살인했던 사람과 정상적으로 대화하는 것이 이상했다.

"그래, 근데 왜 내 이름은 안 불러? 예전에 잘 불렀잖아."

그 순간 나는 망했음을 감지했다.

"진짜였구나. 기억을 잊었다는 게?"

그는 말과 동시에 나를 향해 팔을 쭉 뻗었다. 그때 뒤에서 이예원이 튀어나왔다.

"이 새끼가!!!"

이예원은 욕을 내뱉으며 살인범의 목을 잡아당겼다. 그의 목이

젖히더니 그대로 뒤로 자빠지면서 문밖으로 떨어져 나갔다. 그 바람에 그의 주머니에서 검은 색깔 핸드폰이 둔탁한 소리를 내면 바닥으로 떨어졌다. 나는 그 순간을 놓치지 않고 문을 얼른 닫았다.

지금 밖에서 싸우는 둘은 내 편이 아니었다. 나는 그저 사냥감에 불과했고 그들은 포식자다. 나는 문을 잠근 후 문에 등을 대고 바닥에 주저앉았다. 뭔가 몸에 힘이 쭉 빠지는 느낌이었다. 나는 아까 메시지가 울렸던 걸 기억하고 핸드폰을 꺼내었다. 혹시 최근 내게 온 이상한 메시지가 아닐까 하는 기대를 품었다.

"당신은 잘못된 선택지를 선택했습니다. 이것 또한 이 이야기에 하나의 결말입니다. 하지만 정말 그렇다면 당신이 너무 불행할 것입니다. 그러니 당신에게 선택지를 드리죠."

차 호 성

자살 연극

자살 연극

"아야!"

성일이 아파하는 소리와 함께 스마트폰의 알람이 울리고 있었다. 성일의 앞에는 교과서를 한 손에 들고서 매서운 눈빛으로 바라보고 있는 중년의 남성이 있었다.

"김성일! 왜 수업 전에 스마트폰 소리를 안 꺼놓는 거야! 벌써 두 번째라고!"

"아앗 선생님, 그렇다고 교과서 모서리로 찍는 건 너무 가혹하잖아요."

곧이어 다른 책상에 앉아 있는 애들의 옅은 웃음소리가 들렸다.

딩동댕-

"드디어 끝났다!"

난 쉬는 시간 종이 치자마자 나와 다른 반에 있는 선희에게 갔다.

'선희가 할 말이 있다 했는데 무슨 말을 하려는 걸까?'

교실 안을 둘러보았지만 선희로 보이는 사람이 없었다.

"이선희! 어디 있어!"

이때 선희는 복도 계단을 천천히 내려오고 있었다. 나는 선희가 보이자 잰걸음으로 다가갔다.

"선희야, 뭐 하다가 온 거야?"

"선생님하고 문서 옮겼어."

"그건 그렇고 하고 싶은 말이 뭐야?"

"사실 학교 연극부 있잖아. 내가 연극부 소속인데 우리가 연극을 준비하려고 극장이 있는 곳에 연극부 단원들이랑 합숙을 하려고 하는데 일손이 부족해서. 혹시 도와줄 수 있을지 해서!"

난 잠시 생각에 빠졌다. 언제부터 합숙을 시작하는지 하는 단순한 생각부터 합숙이라 하면 선희랑 같은 방을 쓰는 것인가?! 하는 그럴 리 없는 생각까지.

"알았어! 같이 가줄게."

"고마워, 성일아!"

"근데 합숙은 언제부터야?"

"다음 주 화요일부터 토요일까지!"

"알았어, 고마워!"

선희에게 말을 마치고 복도를 걸어가고 있는 도중에 다음주부터 여름방학의 시작이라는 것이 생각났다. 여름방학의 시작부터 합숙을 하는 것도 나쁘지는 않을 것 같다고 생각했다. 어차피 방학 때 할 것도 없는 데다가 선희도 있어서 심심하진 않을 것 같다고 생각하다 보니 반에 도착하였다.

한 주를 보내고 화요일이 되었다. 깨어났을 땐 나를 감싸는 여름의 햇빛이 느껴졌다. 난 아직 몽롱한 정신으로 화장실에 갔다. 화장실의 불을 켜고 세면대에 가서 세수를 했다. 매일 반복되는 일상의 시작이지만 오늘은 뭔가 새로운 느낌이 더욱 들었다. 양치를 하면서 화장실을 나와 방에서 휴대폰을 찾아 시간을 확인했다. 10시 19분. 그러다 어제 선희에게 받은 메시지가 생각났다. 하지만 메시지의 내용이 뭐였는지는 생각이 안 나 기억을 되짚었다.

뭐였더라. 생각날 것 같은데… 아!

어둠 속에서 손전등을 비추듯 내 머릿속에서 그때의 일이 떠올랐다. 토요일 저녁이었다. 침대에 누워 팔을 위로 뻗고 휴대폰을 보고 있는데 '띠링' 소리와 함께 선희의 메시지가 떴다. 메시지의 내용을 보니 이랬다.

"성일아! 합숙 시작일이 화요일인 건 잊지 않았지? 화요일 낮 11시까지 학교에 와야 돼!"

아 맞다! 11시까지!

시간을 확인해 보니 10시 24분. 나는 빨리 양치질을 마쳤다. 내 방으로 가서 내복 차림인 옷을 갈아입으려다 햇빛이 살짝 닿는 곳에 덩그러니 놓인 노란색 캐리어를 발견했다. 선희에게 문자를 받은 후 짐을 챙기려고 가져다 놓았던 것이 생각났다. 하지만 귀찮아서 아무것도 안 챙기고 저렇게 방치하다가 지금에야 발견한 것이다. 난 옷을 갈아입으려던 것을 멈추고 짐을 먼저 챙기기 시작했다. 옷과 치약 그리고 칫솔도 챙기고 옷걸이에 걸려있는 옷 중 아무거나 대충 집어 캐리어에 넣고 목욕용품도 욕실에 있는 것들을 챙겼다. 그리고 마저 옷을 갈아입었다. 하얀 글씨로 영어가 쓰인 하늘색 반팔과 밝은 청바지를 입고 캐리어도 챙기고 시간을 확인하였다. 10시 50분.

뭘 했다고 시간이 벌써!

난 캐리어를 이끌고 현관에서 하얀색 운동화를 신고 문밖으로 향했다. 그리고 곧장 엘리베이터 버튼을 눌렀다. 다행히도 우리 집은 엘리베이터와 가까운데 위치해서 금방 엘리베이터로 향할 수 있었다. 엘리베이터가 5층에 도착했을 때 나는 재빨리 엘리베이터를 타 1층 버튼을 누르고 닫힘 버튼을 눌렀다. 1층에 도착하자마자 캐리어를 끌며 빠르게 학교로 뛰었다. 여름날의 선선한 바람이 스치는 것이 느껴졌다.

학교에 도착해 학교 정문으로 들어가니 버스가 한 대가 보였고 주위에 선희와 다른 연극부 애들과 연극부 고문 선생님이 계셨다. 난 거친 숨을 내쉬었고 선희가 나를 보고 빨리 오라는 손짓을 하였다. 나는 선희 쪽으로 다가갔다.
"으아 죽는 줄 알았네."
"성일아, 6분이나 늦었잖아."
"6분 정도야 늦은 것도 아니지!"
"얼씨구 자랑이네."
이때 연극부 고문이신 이미주 선생님께서 큰 소리로 말씀하셨다.
"얘들아, 모두 다 왔지? 짐은 모두 버스 짐칸에 넣고 버스에 타자!"
노란색 캐리어를 짐칸에 넣고 버스에 올랐다. 버스에 들어가자 뛰어오느라 지친 내 몸을 시원한 에어컨 바람이 감쌌다. 선희와 나는 같이 앉았고 선희는 창가 쪽에 나는 통로 쪽에 앉았다. 버스 앞쪽에 서 있는 선생님은 애들의 수를 확인하고 버스 기사 아저씨에게 출발하자고 하는 모습이 보였다.
"선희야, 근데 너는 이번 연극에서 무슨 역할을 해?"
"나는 음향이랑 조명 둘 다 맡았어."
"넌 연기 안 해?"
"원래는 했었는데 이번에 갑자기 연극부 단원들이 빠져서."
"그럼 난 뭘 해야 하는 거야?"
"아마 선생님을 보조할 것 같아. 몸 쓰는 일도 할 수 있고."
"다시 말해 잡일 담당이란 소리군! 근데 난 졸리다. 곧 곯아떨어질 것 같아."
"좀 자둬. 넌 할일도 많을 테니."
창밖을 바라보니 바깥 나무들의 푸른 나뭇잎들이 여름 바람을 맞으며 살랑거리고 있었다. 하지만 빠르게 스쳐 지나가 자세히는 보지 못했다. 이때 뒷좌석에 앉아 있던 애가 내 쪽으로 얼굴을 내미는 것이 느껴졌다.

"앗 네가 선희와 같이 온 애구나!"

청순한 외모에 살짝 웨이브를 한 갈색 머리의 여자애가 말을 걸어왔다. 난 나도 모르게 살짝 얼굴을 붉히었다.

"맞긴 한데 넌 누구야?"

"아! 나는 정하윤, 너랑 같은 학년이야!"

하윤은 의자 위로 손과 얼굴을 내밀고 양손의 손바닥을 들었다 놨다 하고 있었는데 상처 하나 없는 손이 얼굴과 잘 어울렸다.

"그렇구나, 난 김성일. 넌 연극에서 무슨 역할 해?"

"난 술집 마담 역이야!"

"오! 그렇구나."

사실 연극에 대해 아무것도 몰라서 대충 얼버무린 뒤에 좌석에 등을 붙였다. 그러다가 옆에서 나를 바라보고 있는 선희의 시선을 뒤늦게 발견한 나는 왠지 모를 긴장감에 사로잡혀 슬쩍 시선을 피했다. 나도 모르게 잠들었나 보다. 기지개를 펴며 창문을 보았다. 주위에 나무가 가득해 숲인 것 같았다.

"선희야, 지금 어디쯤이야?"

"다 왔어, 조금 뒤에 내려야 할걸?"

휴대폰으로 시간을 확인하니 2시 37분. 3시간이 안 되게 잔 것 같다.

"자, 다들 기상! 이제부터는 걸어가야 해. 다들 일어나자!"

선생님이 연극부 애들을 깨우셨다. 하나둘씩 기지개를 켜며 깨어났고 버스는 점차 속도를 줄여가며 멈췄다.

"애들아, 짐 잘 챙기고 내리자."

버스 문이 열리고 다들 좌석에서 일어나기 시작했다. 나도 좌석에서 일어나 버스에서 내렸고 선희도 나를 따라 버스에서 내렸고, 가장 마지막에 하윤이 내렸다. 주위를 살펴보니 탁 트인 곳에 버스가 정차했고 내 앞쪽에는 나무로 우거진 길이 있었다. 버스가 멈추고 다들 자신의 짐을 하나둘씩 꺼내기 시작했다. 모두 짐을 챙기자 버스가 움직였다.

"얘들아, 차가 갈 땐 옆으로 비켜있자!"

선생님이 큰소리로 말하자 연극부 애들은 양쪽으로 흩어졌고 버스가 지나가자 선생님은 흩어진 애들을 한곳으로 모으셨다. 저쪽 길로 가는 건가? 라고 생각할 찰나에 선생님이 말씀하셨다.

"얘들아, 저쪽 길로 갈 거야. 잘 따라와!"

선생님이 앞장서서 가시고 우리가 뒤따랐다. 길이 산길같이 굴곡져 있고 나무가 많았다. 햇빛이 위로 뻗은 나무들의 잎들을 비춰 반짝 빛을 냈다. 나는 길을 걸으며 자연스레 내 앞에서 걸어가고 있는 선희와 하윤의 대화를 엿들었다.

"선희야, 우리가 묵을 숙소 어떨 것 같아?"

"선생님이 직접 빌리신 곳이라는데 뭐 일단 잠자리가 편했으면 좋겠다."

본의 아니게 둘의 대화를 들으며 걸어가고 있을 때 어떤 소리가 들려 그 소리에 집중했다.

파도 소리?

선희에게 물어보려는 순간 눈앞에 탁 트인 공간이 나왔고 가운데에 건물이 보였다. 2층으로 이루어진 빨간 삼각 지붕의 목재 건물처럼 보였는데 건물이 꽤 높아 보였다. 건물의 오른쪽 옆에는 커다란 나무 한 그루가 옆을 지키고 있었다.

건물의 문에 다다랐을 때 선생님은 가방에서 열쇠를 꺼내 건물의 문을 여셨다. 건물로 들어가자 가장 먼저 보이는 것은 2층으로 이어지는 중앙계단 있었다. 중앙계단 옆쪽에는 각각 넓은 길이 있었다.

"얘들아, 우리가 묵을 방은 2층에 있어. 아무 방이나 골라 들어가서 짐 풀고 쉬었다가 극장으로 가자."
"선생님, 저희가 묵을 방은 알아서 고르면 되나요?"
검은색 머리에 짙은 청록색 셔츠를 입은 남자 선배로 보이는 사람이 선생님에게 질문했다.
"방은 다 똑같아. 아무 방이나 골라도 돼."
선생님이 말을 마치자 다들 천천히 2층 계단을 올랐다. 계단은 짙은 색의 목재 계단으로 보이는데 적당히 세월을 맞은 듯 새것은 아니었지만 그렇다고 낡지도 않았다. 계단 가운데에는 빨간색 카펫이 깔려 있었다. 계단은 중간지점에서 양쪽으로 갈라져 가는 형태로 되어 있었다. 계단을 다 올라가자 복도 형태로 길이 이어졌고 띄엄띄엄 창문도 있었다.
"선희야, 넌 어디 방을 고르게?"
"난 여기!"
선희는 고민하다가 계단 맞은편에 있는 방중에서 끝에서 두 번째 방을 선택했다. 나도 고민하다 계단 반대편에서 끝 쪽 방을 선택했다. 노린 건 아니지만 선희 방과 가까웠다. 내방에 들어서자 문 옆에 욕실이 있었고 반대편에 옷장이 보였다. 옷장 옆에 창문이 있었고 그 옆에는 책상이 있고 책상 옆에는 침대가 보였다. 옷장 옆에 캐리어를 두고 나가려던 찰나 옷장 옆 창문이 눈에 들어왔다. 낡아 보이는 창문인데 내리닫이 창문이었다. 평소에 보기 어려운 창문이어서 호기심에 반쯤 열어봤는데 창문이 내려오며 창문 밑면에 부딪혀 탁! 하는 소리가 났다. 다시 끝까지 올려봤지만 창틀에 부딪히며 쾅 하는 소리가 났다. 결국 한 손으로 창문을 위로 올려 잡고 밖을 보니 절벽 아래 바다가 보였다.
창문을 닫고 다시 내 방을 보니 문 옆에 욕실이 있었다. 욕실

안에는 변기와 세면대 그리고 욕조가 있었다. 욕조 위에는 수도꼭지가 있었고 샤워기는 수도꼭지와 연결돼 있으면서 고정대에 고정되어 있었다. 욕실을 대충 훑어보고 난 뒤에 1층을 살피러 계단으로 내려갔다.

계단을 내려가 오른쪽 길로 가보니 하얀색 테이블보를 씌운 큰 테이블이 있었다. 테이블 뒤에는 수납장이 보였다. 수납장 문 네모난 유리 사이로 안에 있는 하얀색과 파란색 컵들이 보였다. 테이블 옆에는 창문이 있었고 바깥의 햇빛이 안을 비추고 있어 수납장의 문 유리가 빛을 반사하고 있었다. 테이블 앞쪽 창문에서 반대쪽에는 중간벽이 있어 주방과의 공간을 분리하고 있었다.

방을 다 둘러보고 난 뒤 반대쪽 길로 가보니 홀로 보이는 공간이 보였다. 방 중간에는 낮은 테이블과 폭신해 보이는 의자가 있고 식탁을 중심으로 끝쪽 벽과 벽이 맞닿는 모서리에 가로로 긴 테이블이 있었다. 그 위에는 커피포트와 커피 믹스들이 있었다. 테이블 위에는 창문이 있어서 햇빛들이 커피포트를 감쌌다. 그러다 햇빛이 점점 옅어지는 것이 보였다.

창문 쪽으로 다가가 하늘을 보니 곧 비가 내릴 것 같았다. 난 다시 방으로 가려고 계단을 오르다가 휴대폰을 보면서 계단을 내려가는 금발 머리에 뿌리 부분이 검은 남자 선배를 발견했다. 휴대폰을 보던 남자 선배는 나를 발견하곤 위아래로 훑어보며 지나갔다.

뭐야 저 사람….

마침 자신의 방에서 나오던 하윤을 발견해서 선배에 대해 물어봤다.

"하윤아, 저 선배 알아?"

"저 선배? 박관석 선배일걸? 무슨 일이라도 당했어?"

"그냥 궁금해서. 하하."

하윤은 이런 나를 보고서 뭔가 생각났는지 말하기 시작했다.

"저 선배 주변 애들은 다들 앞에서는 받드는데 뒤에서는 욕해."

"에? 왜?"

"주변 사람들을 자기보다 아래로 생각하나 봐. 자기 하고 싶은 대로 하는 거지."

"그렇구나."

하윤의 말을 다 듣고 내 방으로 들어가 침대에 누워 휴대폰으로 시간을 확인했다. 3시 20분.

언제 극장으로 가는 거지? 선희는 알고 있나?

나는 선희의 방문을 벌컥 열었다.

"선희야, 나 묻고 싶은 게…."

나는 선희를 부르다 말고 멈출 수밖에 없었다. 왜냐면 선희가 옷을 갈아입으려던 참이었기 때문이다. 아직 바지는 입고 있었고 윗옷을 벗으려던 참이었다. 옷을 다 벗진 않아서 다행히 선희의 배까지밖에 보이지 않았다.

"아… 선희야, 그게 아니라."

"김성일! 당장 나가!!"

쫓기듯 선희의 방을 나와 재빨리 문을 닫았다.

"이제 들어와도 돼."

문고리를 돌려 문을 열려 했는데 문이 열리지 않았다.

"뭐야, 이거 왜 이래?"

문고리를 돌리던 중 선희가 잠갔던 문을 열었고 순간적으로 나는 안쪽으로 당겨져 넘어질 뻔했다.

"으아 넘어질 뻔했네."

"뭐야, 놀랐잖아. 노크 좀 하고 들어와!"

"미안해 선희야. 옷 갈아입는 줄 내가 어떻게 알았겠어."
"그래, 다음부터 조심 좀 해라. 다음에도 그럼 진짜 가만 안 둬!"
"알았어. 알았어! 근데 선희야, 여기 문밖에서 못 잠그는 건가?"
선희의 관심을 다른 데로 돌리기 위해 아무거나 내 눈에 들어오는 것을 말해서 주제를 바꾸었다.
"근데 이 문 말이야, 밖에서는 못 잠그나? 열쇠 구멍이 있기는 한데."
"보니까 밖에서 잠글 수 있을 것 같긴 한데, 열쇠 구멍이 있잖아. 여길 봐."
"근데 선생님이 열쇠를 안 나눠 주셨잖아. 보통 이런 데에서는 마스터키가 있지 않을까? 근데 문을 연 채로 못 잠그나?"
문을 연 채로 안쪽에 달린 잠금장치 버튼을 누르자 안쪽 문을 고정하는 것이 나와 고정되어서 문을 연 채로 닫을 수 없었다.
"그건 그렇고 성일아, 하고 싶은 말이 있다고 하지 않았어?"
"맞다! 선생님이 쉬었다가 극장으로 간다고 했었잖아. 근데 언제까지 쉬는 건지 궁금해서."
"음… 지금 몇 시 몇 분이야?"
선희의 말을 듣고 바지 주머니 안에 있던 휴대폰을 꺼내서 시간을 확인했다.
"3시 27분이네."
"아마 30분쯤에 가지 않을까? 내 생각에는 선생님이 시간이 되면 부를 것 같은데?"
"그럼 3분 동안 내 방에서 누워 있어야겠다."
"성일아, 자면 안 돼!"
"내가 무슨 어린애냐!"
나는 내 방으로 돌아와 책상 앞 의자에 앉아 창밖을 보았다. 창밖을 보니 대충 이 건물은 절벽 위에 세워진 걸 알 수 있었다. 3분은 무심하게도 빠르게 지나갔다. 무언가를 생각할 찰나 선생님이 애들을 불렀다.

"애들아, 모두 모이자!"

선생님의 말씀은 2층 복도 곳곳으로 뻗어 나가 모두 들을 수 있었다. 의자에서 일어나 방문을 열자 나와 같이 선생님 말씀을 듣고 각자의 방에서 나오는 애들이 보였다. 몇몇은 1층에 있는 것 같았다. 2층 계단을 내려가자 2층 계단 시작 부분 바로 앞에 선생님이 서서 2층 계단 쪽을 보고 계셨다. 몇몇 사람들은 내 생각대로 1층에 있는 방에서 나왔다.

"애들아, 다 모인 거지? 그럼 다들 극장으로 가자! 성일아, 너는 여기 연극 소품들을 가지고 와줘."

"네, 알겠어요."

선생님 말씀에 대답을 하고 선생님 옆에 소품이 들어있는 박스를 들었다. 박스 가장 위쪽에는 정교하게 만들어진 가면이 있었다. 박스를 들자 생각했던 것보단 무겁지 않아서 쉽게 들고 갈 수 있었다. 선생님이 극장으로 발을 옮기기 시작했고 다같이 선생님을 따라 발을 옮겼다. 난 선생님 바로 옆에서 선생님을 따라갔다. 선생님을 따라 숙소 뒤쪽으로 가니 동그란 빨간색 지붕의 극장이 보였다. 극장은 숙소보단 작은 것 같았지만 체감상 숙소와 맞먹는 것 같았다. 극장 바로 옆에는 조그마한 창고 같은 건축물이 있었다.

"선생님, 극장 옆에 저 조그마한 건물은 뭐예요?"

"아 저거, 선생님이 아빠 친구분에게 이곳을 빌린 건데 그 친구분께서 무슨 수리 같은 걸 해야 하셨나 봐. 그래서 저걸 사셨대. 저기 안에 밧줄이나 와이어 같은 것들이 있을걸."

"으음 그렇군요."

창고는 문이 열려있었는데 조금 더 걸어가니 안에 밧줄하고 와이어 그리고 사다리도 보였다.

선생님과 말하는 사이 극장 문 쪽까지 도착했다. 극장 문은 잠겨있었는데 선생님이 바지 주머니 안에서 열쇠를 꺼내 출입구를 여셨다. 문을 열자 극장의 홀로 보이는 곳이 나왔다. 홀은 복도 같은 형태로 되어 있었고 왼쪽 벽에는 긴 형태의 탁자와 그 아래쪽 벽에 화장실이 있었다. 오른쪽에는 어떤 곳으로 이어지는 문이 있었다. 선생님은 곧바로 극장으로 이어지는 문을 여셨다. 극장 안쪽에는 어둠이 극장 안에 있는 각양각색의 색들을 가리며 자신의 형체 없는 그림자만을 채웠다. 극장 끝 쪽에는 어둠이 드리우고 있어 잘 보이지는 않았지만 이곳의 존재 이유인 무대가 보였다. 곧바로 극장의 불이 켜지고 선생님이 뒤따라 극장으로 들어오셨다. 극장의 불이 켜지니 어둠의 가려졌던 색들이 빛을 받으며 튕겨 나가면서 퍼져갔다. 퍼져나간 색들은 나의 눈으로 들어와 자신의 색을 각인시켰다.

"얘들아, 무대로 올라가자!"

선생님이 먼저 앞장서자 다들 선생님을 따라 빨간색 의자 사잇길을 통해 무대 쪽으로 걸어갔다.

"성일아, 소품들은 여기에 놔줘."

선생님이 무대 중앙을 가리켰다.

난 그곳에 소품들이 담긴 상자를 내려놓았다.

"성일아, 수고했어. 얘들아, 무대 안쪽에 분장실이 있는데 그 안에 탈의실이 있어. 거기서 자기 역할에 맞는 옷을 여기 소품 상자에서 꺼내서 갈아입자."

선생님의 말씀을 들은 연극부 애들은 차례대로 상자 안에서 자신의 역할에 맞는 옷을 꺼내 탈의실로 향했다.

근데 선희는 음향하고 조명 같은 것들 담당이라 했는데 여기에 그런 것들을 조절하는 장치가 어디 있지?

이때 무대 아래에서 얘기하고 있는 선희와 선생님의 모습이 눈에 들어왔다. 둘은 얘기를 하다 극장의 출입문 쪽으로 걸어갔다.

'극장 바깥쪽에 장치가 있는 건가.'

곧이어 극장 출입문 쪽 벽에 위치한 어둠이 드리워져 있는 유리에 불빛이 들어오고 선희와 선생님이 들어왔다. 선생님은 선희에게 여러 가지 설명을 하고 있는 것으로 보였다. 이때 옷을 갈아입은 애들이 하나둘씩 나오기 시작하였다. 제일 먼저 나온 사람은 하윤이었다. 하윤은 연한 갈색의 무릎까지 내려오는 붙는 원피스와 갈색 카디건을 입고 있었다. 옷을 입은 하윤은 버스에서 만났을 때보다 더 성숙해 보였다.

"성일아, 내 옷 이상하진 않지?"

"되게 잘 어울린다."

하윤은 내 대답에 살짝 입꼬리를 올리며 답해주었다.

"고마워, 성일아."

하윤을 시작으로 의상을 갈아입은 애들이 하나둘 나오기 시작했다. 하윤 다음으로 나온 사람은 아까 계단에서 나를 훑어본 선배였다. 박관석 선배는 검은색 양복과 검은색 넥타이 그리고 하얀색 셔츠를 입고 나왔다. 다음으로 남자 선배와 묶음 머리를 한, 여자 선배로 보이는 사람이 나왔다. 남자 선배는 일상복과 거의 아니 진짜 일상복과 다를 바 없었다. 심지어 아까 계단에서 봤던 복장이랑 비슷하다 그나마 바뀐 거라면 셔츠가 빨간색으로 바뀌었다는 정도였다. 여 선배는 검은색 미니스커트와 검은색 정장 재킷과 하얀 셔츠를 입고 있었다. 약간 비밀 첩보 요원 같은 느낌도 났다. 모두 의상을 갈아입고 나오자 박관석 선배가 연극부 애들을 향해 말했다.

"애들아, 연기 똑바로 하자. 피해 주지 말고."

기분 탓인지는 모르겠지만 은연중에 애들을 깔보는 듯한 말투가 느껴졌다. 다른 사람들도 나와 같은 마음이었던 것일까, 선배의 말에 대꾸하는 사람은 없었다. 얼마간의 침묵은 상황을 어색한 방향으로 흐르게 하였다.

"야 사람 말 무시하지 마. 싸가지 없게 시리."

선배는 그저 대답을 바랐던 것일까? 관석 선배의 말은 침묵의 도화선을 태워서 어색함이라는 연기를 더욱더 공기 중에 퍼뜨렸다. 때마침 선생님이 들어오셨고 이 영하의 분위기를 그나마 나아지게 하실 수 있을 것 같았다.

"자 애들아, 대사는 다 외워왔지? 혹시 대본을 안 가져온 사람은 끝나고 선생님에게 대본을 달라고 말하렴. 이제 본격적으로 시작해보자. 성일아, 선생님 좀 도와서 물건을 무대 위로 옮기자. 혹시 선생님 좀 도와줄 사람 있어? 혹시 있으면 선생님을 따라와!"

선생님은 분장실로 들어가셨고 나도 선생님을 따라 분장실로 들어갔다. 분장실에는 의자 여러 개와 그 앞에 벽과 이어진 탁자와 거울이 있었다. 거울의 반대편 벽에는 탈의실이 자리 잡고 있었다. 곧이어 검은색 머리의 남자 선배와 하윤이 뒤따라 들어왔다.

"와줘서 고마워 애들아, 여기 가운데에 탁자와 의자들이 보이지? 선생님은 성일이와 탁자를 옮길 테니 너희들은 의자를 옮겨주면 돼."

"이 의자를 옮기면 되죠?"

남자 선배는 선생님에게 재차 확인하였다.

"어 맞아. 그거야."

선생님은 선배의 말에 대답해 주시고 긴 탁자의 길이가 좁은 부분인 세로 부분을 잡고서는 나에게 말씀하셨다.

"성일아, 선생님이 잡은 곳 반대편을 잡아서 같이 무대로 밀고 나가자."

난 반대편을 잡고 선생님과 같이 밀며 방향을 조절했다. 선생님과 같이 분장실을 나오고 무대에 알맞게 탁자를 놓았다. 곧이어 선배와 하윤이 의자를 들고 뒤따라 나왔다.

"아 그리고 성일아, 박스 좀 분장실에 가져다줘. 너희들도 옷 갈아입고 나오면 분장실에 있는 박스에 넣어둬."

무대 가운데에 있는 박스를 분장실에 넣고 나오자 선생님이 말을 이으셨다.

"이 정도면 다 된 것 같네. 이제 연극을 시작해보자."

선생님과 나는 무대에서 나오고 난 곧바로 맨 앞줄 의자에 앉았다. 선생님은 무대 위에 애들과 장치실에 있는 선희에게 손짓으로 신호를 주었다. 그러자 관객석을 비추던 불빛들이 서서히 자취를 감추고 무대 위에 불빛만 남아 무대에 이목을 집중시킬 수 있게 하였다. 곧이어 무대 위 불빛이 파란빛으로 물들었고 내레이션이 나왔다.

"그것은 어느 겨울밤 눈보라가 거세게 내리는 날이었다. 그날 일어났던 비명은 눈보라와 함께 묻혔고 슬픔은 바람과 함께 휩쓸려 얼음 조각이 되었다."

'이 목소리 어디서 많이 들어본 것 같은데… 앗 이거 선희 목소리잖아! 선희가 이런 것도 한다니.'

내레이션이 끝나자 파랗게 물들었던 빛들은 다시 밝아졌고 하윤과 남자 선배가 가장 먼저 등장했다.

"사장님, 여기 마지막 술 박스예요."

"수고 많았어. 저기에 놔둬."

'저런 것들도 미리 준비해 뒀다니… 저기 안에 진짜 술이 들어있

는 건 아니겠지?'

곧이어 관석 선배가 손님으로 무대에 나타났다. 그리고 자리에 앉아 메뉴판을 들었다.

"사장님, 이 칵테일 한 잔 주세요."

관석 선배는 메뉴를 손가락으로 가리키고 하윤이 선배 주위로 걸어갔다.

"이 칵테일 말이죠? 조금만 기다리세요."

하윤이 칵테일을 가지러 올 동안 조금의 시간이 생겼고, 내 옆자리에 앉아 계신 선생님에게 살짝 시선이 갔다. 선생님은 연극을 집중하는 눈빛으로 바라보시다가 무언가를 느끼셨는지 팔꿈치를 좌석 손잡이 부분에 올리고 손에 턱을 괴셨다. 연극을 보다 보니 난 넋을 놓고 있었고 눈가가 무거워지는 것이 느껴졌다. 이대로 있으면 그대로 자버릴 것 같아서 천천히 자리에서 일어나 극장을 나왔다. 극장 홀에 가니 창문 밖에서 비가 내리고 있는 것이 보였다. 마침 갑자기 선희가 생각나 선희가 있는 곳이 궁금해졌다. 선희는 어느 방에 있는 걸까 생각을 하던 중 극장 홀을 처음 들어오면서 봤던 어딘가로 이어지는 문이 보였다. 저 안에 있는 걸까? 싶은 생각에 문을 열어보았다. 문을 열자 그늘이 진 좁은 계단이 있었다. 그 계단을 한 발자국 올라가니 빛이 새어 나오고 있는 문이 있었다. 그 문을 열어보니 유리로 돼 있는 벽 바로 아래 위치한 장치 뒤, 의자에 앉아 있는 선희의 뒷모습이 보였다. 이 방에서는 장치에 있는 마이크 같은 것을 통하여 무대의 소리도 들을 수 있었다. 이 모습을 보니 왠지 모르게 조금 전에 실수로 선희가 옷 갈아입을 때 선희에 방문을 연 사건이 떠올라 이제서야 문을 연 채 노크를 했다. 선희는 그제야 내가 온 것을 알아챘다.

"성일아, 여기는 어떻게 온 거야?"

"계속 앉아 있다가 잘 것 같아서 잠 좀 깨려고 하다가 어찌저찌 해서… 하하"

"진짜 너답게도 왔네."

선희는 나하고 대화를 하면서도 무대 상황에 맞게 장치를 만지며 무대를 빛나게 해주었다. 여기서 더 말을 걸면 방해가 될 것 같아 조용히 장치실을 나왔다.

'어딜 가든 졸린 건 마찬가지인 것 같네.'

난 다시 극장의 문을 열어 조용히 나의 자리로 가 앉았다. 선생님은 내가 나갔다 온 걸 알고 있는 것 같았지만 그냥 조용히 넘어가셨다. 그렇게 자리에 앉아서 팔짱을 낀 자세로 살짝 졸고 있다가 선생님의 소리에 잠이 깨버렸다.

"애들아, 오늘은 여기까지 하자. 모두 고생했어. 하윤이 연기력은 계속 늘고 있는 것 같은데 중간에 포즈 같은 것들도 좀 더 자연스럽게 하면 좋을 것 같아. 대현이도 저번보다 딕션이 좋아진 것 같아. 자 모두 옷 갈아입고 조금 쉬다가 밥 먹으러 가자!"

저 남자 선배 이름이 대현이었구나. 마침 선희도 극장에 들어왔다.

"선희야, 너도 수고 많았어."

"앗, 그런가요. 감사해요!"

선희는 선생님하고 대화를 마치고 내 쪽으로 걸어왔다.

"근데 너 갑자기 나가더라. 뭔가 하고 싶은 말이라도 있었어?

"그냥 뭐 어찌어찌하다 들어간 것도 있고, 사실 나 연극 내용을 몰라서 물어보고 싶었거든."

"아 너 연극 내용 몰랐어? 미리 말하지."

"연극을 보다 보니 생각나더라고. 하하"

마침 옷을 갈아입은 애들이 하나둘씩 나오기 시작했다.

"맞다. 성일아, 애들이 다 나오면 분장실에 있는 박스 좀 가지고 나와줘."

"네, 알겠어요."

애들이 다 나오자 분장실에 들어가서 옷이 들어있는 박스를 들고나왔다. 박스 안의 옷 중 어떤 옷은 잘 개켜 있었지만 어떤 옷은 구겨진 채로 있었다. 다행히 박스가 어느 정도 큰 편이라 옷을 다 담을 수 있었다.

"야! 너나 똑바로 해. 행패 부리지 말고!"

"뭐? 행패는 무슨 행패야 네가 먼저 했잖아! 그리고 난 사실을 말했을 뿐이거든? 너 도움 되는 거 하나도 없잖아."

갑작스럽게 대현 선배와 여자 선배가 서로에게 열을 올리고 있었다.

"그럼 넌 도움 되는 줄 알고 말하나 보지? 네 주제부터 파악하고 말하시지?"

"얘들아, 그만! 싸우지 말고 빨리 나오자."

선생님은 어느새 극장 문 쪽에 계셨다. 선생님의 중재 덕에 둘은 싸움을 멈추고 극장 밖으로 나섰다. 나도 얼른 극장 밖으로 나갔고 여자 선배와 선희가 가장 마지막으로 왔다.

'극장 밖에는 비가 내리고 있는데 다 젖는 거 아닐까.'

선생님이 있는 홀로 가보니 선생님이 살짝 얼떨떨한 표정을 짓고 있었다.

이때 선생님은 아차 하는 표정으로 극장 홀로 걸어가고 있는 여자 선배와 선희를 보고 입을 열었다.

"서현, 선희야! 미안한데 분장실에 놓고 온 옷이 있거든? 짙은 청록색 드레스인데 혼자서는 찾기 힘들 수도 있으니깐 둘이서 찾아와줄래?"

‘저 여자 선배 이름이 서현이구나.’

선희는 잠깐 고민하더니 선생님의 부탁이니 알겠다고 수긍하였다. 잠시 눈 깜빡했으면 고민한 것조차 느끼지 못했을 것 같다.

"알겠어요!"

"선희야, 고마워. 그럼 서현이는?"

"저도 같이 찾을게요."

"둘 다 고마워. 여기 불 켜둘 테니 나올 때 끄고 와줘!"

둘은 분장실로 걸어갔고 선생님은 남아있는 애들에게 말을 꺼내셨다.

"얘들아, 선생님 잘 따라와."

그리고는 옷이 들어있는 박스를 들고 있는 나를 바라보시며 입을 열었다.

"성일아, 넌 여기서 서현이와 선희를 기다려줄 수 있어?"

"네, 알겠어요."

선희를 기다리다가 고개를 돌려보니 문 바로 옆에 가스레인지가 있었고 가스레인지에서 이어지는 선반이 오른쪽 벽까지 이어졌고 밑에 물건을 담아둘 수 있게 서랍 같은 형식으로 되어 있었다. 둘러보다가 잘 보니 오른쪽 벽에 있는 선반에 노란색의 라이터 하나가 놓여있었다. 다시 열려있는 문으로 극장을 보니 비와 옅은 안개에 가려져 잘 보이진 않았지만 극장에서 사람 두 명이 나오는 모습만은 또렷이 보였다. 선희인가 보다! 선생님이 뛰어오라 말하자 서현 선배가 뛰어왔고 그 뒤에 선희가 뛰어왔는데 의외로 선희가 더 빨랐다. 평소에 선희는 운동에 소질이 없었는데 선희가 왠지 다르게 보였다.

"선생님, 근데 이 드레스는 어디에 보관할 거예요?"

"일단 상자에 넣어놓고 숙소 홀에 둘 거야."

선희는 말을 하고서는 선생님에게 드레스를 줬다. 드레스를 받은 선생님은 가스레인지 바로 아래 바닥에 놓은 박스에 의상을 놓고 의상들이 담긴 박스를 들고 주방문을 여셨다. 선생님이 먼저 주방을 나가시고 나와 선희가 선생님을 뒤따라 나가 선생님을 뒤따라 걸어갔다.

꼬르륵.

갑자기 배에서 크게 꼬르륵 소리가 튀어나왔다.

"사실 말 안 하고 있었는데 아까부터 엄청 배고팠어."

"그러고 보니깐 나도 슬슬 배고픈 것 같네."

"지금 몇 시지."

선희가 바지 주머니 속에 손을 넣어 휴대폰을 꺼내며 말했다.

"6시네."

"밥은 곧 준비해올게. 6시 반쯤에 식당으로 오면 될 거야."

우리 대화를 다 듣고 계시던 선생님이 밥시간에 대한 해답을 내놓으셨다.

"남은 30분 동안 내가 버틸 수 있을까?"

"그 정도야?"

"사실 늦잠 자서 아침밥을 못 먹었거든."

너무 배고파서 그런지 말할 때 말이 어눌하게 나왔다.

"너 그럴 것 같아서 내가 문자까지 보냈는데."

선희가 입꼬리를 올리며 웃음 섞인 목소리로 말했다.

"준비하는데 시간이 좀 걸릴 거야. 각자 방에서 조금 쉬고 있어."

선생님은 홀에 커피포트가 있는 탁자 옆 바닥에 박스를 내려놓으시고 말을 이으셨다.

"선생님, 근데 음식을 직접 만드시게요?"

"그런 건 아니고 도시락 같은 거야. 그래도 꽤 괜찮아."
"오!"
"그래도 너무 기대는 하지 말아 줘."
"하하 네, 알겠어요."
선희와 선생님이 대화하는 동안 홀에 있는 창문을 통해 밖을 봤는데 비가 엄청나게 내리고 있었고 그새 바깥의 어둠이 더 깊어졌다. 아마 비가 와서 더 어두워진 것 같은데 불이 켜진 이곳과 대비를 이루고 있었다.
"성일아, 6시 반까지는 아직 멀었어."
위에 가서 선희가 말했을 땐 선생님은 이미 음식을 준비하러 주방으로 가신 것 같았다.
"밖을 보니까 비가 엄청 내리고 있어 더 어두워졌고."
"그러게. 왠지 나까지 저기압이 되는 것 같아."
선희와 대화 중 내 방 앞에 다다랐다.
"성일아, 자면 안 돼."
"알고 있거든."
내 방에 들어가서 신발을 벗고 곧바로 침대에 드러누워 휴대폰을 꺼냈다.
'아직 6시 10분이네.'
누워서 휴대폰이나 만지작거리며 시간을 보내려 해도 배가 계속 고프니 자꾸 시간을 확인하게 됐다. 30분이 되자 나가도 괜찮겠지 싶어 방문을 열어 계단을 내려가 식당에 가보니 탁자에 도시락과 그 옆에 국을 담은 것 같은 뚜껑이 닫힌 그릇이 사람 수만큼 탁자 위에 있었고 도시락 위에 숟가락과 젓가락이 놓여있었다. 선생님이 때마침 주방에서 나오셨다.
"쌤, 저 먹어도 되죠?"

"어, 먹어도 돼."

배가 고파 미칠 지경이어서 재빨리 자리에 앉았다. 맨 끝자리에 앉아 아래쪽은 검은색, 뚜껑 쪽은 투명한 플라스틱 소재인 도시락을 열었다. 도시락통에 제일 큰 부분은 고기반찬이 있는 부분이었다. 고기반찬 부분도 중간 벽으로 두 부분으로 나뉘었는데 불고기하고 매콤할 것 같은 빨간 양념이 있는 고기 부분으로 나뉘었다. 고기 칸 바로 옆에는 밥이 있었다. 새하얀 쌀밥 위에 검은깨가 뿌려져 있었는데 깨 때문인지 질이 좋아 보였다. 나머지 부분은 거의 비슷비슷한 크기였다. 볶은 김치와 계란말이, 스팸조각과 콩나물조림과 작은 장조림이 있었다.

'아 못 참겠다!'

곧바로 플라스틱 숟가락을 들어 흰 쌀밥을 한 움큼 퍼서 한입에 먹었다.

"애들아, 밥 먹어!"

선생님이 1층 계단 밑에서 소리치셨다. 채 몇 초도 지나지 않아 남자 선배가 휴대폰을 보면서 내려왔다. 박관석 선배는 나의 반대편 자리에 앉았다. 배고파서 밥을 먹는 속도가 평소에 한 1.5배 정도는 더 빠른 것 같았다. 밥 한 숟가락, 반찬 몇 젓가락, 왠지 내가 허겁지겁 먹는 것 같이 느껴졌다. 딱히 선배가 와도 신경 안 쓰고 밥을 먹고 있었는데 자꾸 선배의 킥킥거리며 웃는 소리가 들렸다. 선배를 보니 핸드폰 자판을 치는 것 같았는데 다른 애들이랑 대화하는 것 같았다. 마침 선희와 다른 애들이 차차 내려오기 시작했다.

"성일아, 너 그러다 체하겠다."

선희가 먼저 내려와 자리에 앉고서 말했다.

"아아, 괜찮아."

입안에 있는 음식을 한 번에 꿀꺽 삼키고 말했다. 곧 애들이 내려오기 시작해서 자리에 앉았다. 나는 도시락에 있는 음식을 거의 다 먹고 플라스틱 뚜껑을 덮고 나서 그 위에 숟가락과 젓가락을 뒀다. 시간을 확인하려고 핸드폰을 찾아 주머니 속을 뒤졌는데 느껴지는 것은 주머니 안감밖에 없었다.

'아차! 핸드폰을 침대 위에 놓고 왔네.'

어쩔 수 없이 계단을 다시 올라가 내 방으로 가서 침대 위에 있던 휴대폰을 집었다.

방을 나와 방문을 닫고 나왔는데 계단에서 올라와 나와 반대편 복도로 가는 하윤이 보였다.

'하윤이는 벌써 다 먹었나 보네.'

휴대폰으로 시간을 확인해보니 6시 53분. 휴대폰을 든 채 계단을 내려가 홀에 있는 커피포트와 가까운 다인용 소파에 앉아서 휴대폰이나 만지작거렸다. 더불어 이 폭우도 슬슬 그치기 시작하면서 빗소리가 옅어져 금방이라도 그칠 것 같았다. 하지만 밖은 여전히 어둠만이 존재했다. 이 근방에서 가장 밝게 자신의 존재를 알리고 있는 것은 아마도 이 저택이 유일할 것 같다. 조금 지나 선희가 와서 내 옆에 앉았고 대현 선배도 홀에 와서 내가 앉아있는 소파 맞은편 일인용 소파에 앉았다. 한 5분쯤 지나 대현 선배가 위층으로 올라갔다.

"성일아, 이거 어때?"

선희가 눈앞으로 휴대폰을 내밀었다.

"조금 비싸지 않아?"

"에이 이 정도면."

선희와 이런저런 대화를 나누다 한 3분 후가 지나고 방에 올라가 쉬기로 했다. 계단으로 가다가 식당에서 소리가 들려 얼굴을 계단 손잡이 옆에서 살짝 내밀어 보니 서현 선배와 선생님이 얘기를 나누고 있었다.

"성일아, 뭐해?"

"그냥 소리가 나서 봐봤어."

다시 계단을 올라가다 내 옆에서 엇갈리며 계단을 내려가는 관석 선배가 보였다. 계단에서 오른쪽으로 가 내 방문을 열었다. 선희도 곧이어 방문을 열었는데 선희와 내방은 의도한 건 아니지만 가까워서 몇 걸음만 걸으면 바로 서로의 방이었다.

침대에 모로 누워 휴대폰을 봤는데 얼마나 지났을까 시간을 확인하니 8시 반이었다. 왠지 모르게 오늘은 이른 시간부터 졸려 캐리어에서 세면도구를 꺼내 양치를 하고 나서 핸드폰을 충전시키려 했는데 충전기가 없었다.

'내일 선희에게 충전기 빌려야겠네.'라고 생각한 후 전등을 끄고 이불을 덮었다. 이곳은 커튼이 없었지만 그런데도 빛을 낼 수 있는 곳은 이 숙소하고 극장밖에 없었기 때문에 커튼이 없어도 어두웠다.

"으아함, 개운하다. 몇 시지?"

기지개를 켜며 일어나 침대 옆 책상에 올려둔 휴대폰을 집었다. 9시 40분. 그대로 침대에서 일어나 창문을 보며 저 멀리서 물결치며 흩어지는 바다를 보았다. 평소에 바다를 볼 일은 거의 없는데 바다를, 게다가 아침에 일어나자마자 봐서 왠지 더 나에게 개운함을 더해주는 느낌이었다. 욕실로 가 수도꼭지를 위로 올려 손에 물을 한 움큼 올려 입에 담아 입을 헹궜다. 욕실에서 컵이 없었고 챙겨오지도 못해서 어쩔 수 없었다. 물을 뱉고 욕실에 놔두었던 칫솔에 치약을 묻혀 양치를 했다. 그다음 입을 헹구고 머리를 감았다. 욕실에 있던 수건으로 머리를 닦고 헤어드라이어로 머리를 말린 후에 시간을 보니 10시 3분. 언제 또 연극을 준비하러 갈까 싶었다. 선희는 알고 있을 법해서 이번에는 선희 방문 앞에서 제대로 노크를 했다.

똑똑.

"누구세요."

선희가 대답하면서 방문을 열었다.

"성일이구나. 무슨 일이야?"

"오늘 연극은 몇 시에 해?"

"글쎄, 오늘은 어제랑 다를걸? 쌤한테 물어봐야겠다."

선희는 한 손에 쥐고 있던 핸드폰을 들어 메시지를 보냈다. 곧 이어 선희가 고개를 들며 말했다.

"선생님이 12시쯤에 간대. 20분 전에 나와 있으라는데?"

"역시 너밖에 없어."

적어도 약 50분 정도 남았을 테니 난 다시 내 방으로 가서 의자 등받이에 걸터앉아 편하게 핸드폰을 봤다. 11시 45쯤 정도 됐을까. 그때쯤 크지는 않지만 확실히 들릴 만큼 선생님의 목소리가 들렸다.

"얘들아, 나오자 이제."

방을 나가자 다들 나처럼 선생님의 말씀을 듣고 나온 애들이 많이 보였다. 복도를 지나 계단을 내려가자 계단 옆 식당 쪽에 선생님이 계셨다.

"성일아, 저기 식당에 간식 있으니까 먹어."

선생님이 나를 보시고는 말씀하셨다. 식당에 가보니 탁자 위 투명 비닐로 포장된 빵하고 그 옆에 바나나 우유가 양옆에 한 묶음처럼 여러 개가 있었다. 가까이 가서 보니 도넛 위에 초코를 바르고 그 위에 화이트초콜릿이 장식되어있는 도넛이었다. 나는 도넛과

바나나 우유를 양손에 들고 선생님이 보이는 곳으로 갔다.

"이거 꽤 맛있어 보이는데요! 감사해요!"

"고마워, 성일아."

선생님은 내 말에 살짝 미소를 지었다. 홀로 가서 다인용 의자에 앉아 탁자에 우유를 놓고 도넛의 포장을 뜯고 바나나 우유 위에 붙어있던 뚜껑을 뜯고 천천히 먹기 시작했다. 다 먹고 나니 조금 배가 채워졌다.

"얘들아, 다 먹고 나면 쓰레기 버리자."

쌤 말을 듣고 탁자를 바라보니 날 포함해서 다른 애들도 먹고 나서 안 버린 쓰레기가 책상에 널브러져 있었다. 난 내 쓰레기를 쓰레기통으로 가서 버리고 그 옆에 있는 재활용 봉지에 바나나 우유 용기를 버렸다.

"얘들아, 이제 배도 좀 채웠겠다. 슬슬 준비하자."

난 저번처럼 의상이 들어있는 박스를 가지러 커피포트 옆으로 갔다.

"근데 성일아, 이거 어제랑 다른데?"

"엥 뭐가?"

"선생님은 어제 이거보다 가지런히 놓으셨는데 지금은 그냥 널브러져 있어."

"에이 누가 만졌을 수도 있지. 근데 이런 의상도 있네. 무대 중일 때는 못 봤는데."

박스 안에 널브러져 있는 짙은 청록색의 드레스를 위로 들어보니 드레스 중간이 갈기갈기 찢겨 있었다.

"뭐야 이거 찢어져 있는데?"

"헉 뭐야! 누가 이런 짓을 한 거지?"

우리가 대화하는 것을 듣고 선생님이 놀라셨는지 다가오셨다

"성일아, 그게 진짜야?"

"네, 이거 봐 봐요."

들고 있던 드레스를 선생님이 보기 좋게 위로 들었다.

"대체 누가 이런 장난을 한 거야! 이렇게 찢어 놓은 사람 누구야? 이건 너무 심한 거 아니야?"

선생님의 언성이 높아졌다. 솔직히 이번 장난은 너무 심했다. 침묵만이 맴돌았고 분위기도 차가워졌다.

"선생님, 이 옷도 찢어져 있어요."

선희가 박스 안에 다른 옷을 들어 선생님께 보여줬다.

"대체 왜 이런 짓을. 선희야, 미안한데 다른 옷도 찢겨 있는지 확인 좀 해줘."

"선생님 근데 관석이가 아직 안 나왔어요."

"평소에 관석이는 장난을 많이 쳤는데."

아마도 대현 선배는 관석 선배를 의심하는 눈초리였다.

전에도 몇 번 학교에서 애들이 관석 선배에 관해 이야기하는 것도 몇 번 들었던 것이 생각나는데, 잘 기억은 안 나지만 딱히 좋은 소문은 아니었던 것은 기억난다.

"일단 성일아, 위층에 가서 관석이 좀 불러올 수 있겠어?"

"네, 알겠어요."

나는 선생님의 말씀대로 위층으로 올라갔다.

'일단 올라오긴 했는데…. 선배 방이 어디지?'

막상 올라오긴 했지만 선배 방을 몰라서 일일이 방문을 열며 확인해야 했다.

'이 방도 아니고 이 방은….'

문고리를 내리자 문고리가 덜컹대며 내려가지 않았다.

"관석 선배, 거기 안에 있어요?"

딱히 대답이 없자 이번에는 손등으로 노크하며 문에 대고 말했다.

"선배, 거기 안에 계세요? 쌤이 화나셨어요."

노크를 하며 말을 했지만 돌아오는 대답은 없었다. 나는 어쩔 수 없이 다시 밑층으로 내려갈 수밖에 없었다.

"쌤, 선배가 있을 법한 방에 문이 잠겨있어요. 아무리 말해도 대답도 안 하고."

선생님이 내 말을 듣고는 짧게 한숨을 쉬셨다. 선생님의 마음이 살짝 이해가 갔다.

"선생님 방에 마스터키가 있을 거야. 성일아, 따라와 봐."

선생님을 따라 위층으로 올라갔다. 선생님은 방에 들어가셔서 열쇠 하나를 들고나오셨다.

"성일아, 관석이 방이 어디야?"

"저기요."

손가락으로 내가 열려 했던 문을 가리켰다. 선생님은 곧장 내가 가리킨 쪽으로 가셨고, 나도 선생님을 따라갔다.

"이 문 맞지?"

"네, 맞아요."

선생님이 마스터키를 열쇠 구멍에 넣어 문을 열고 문고리를 내리자 문이 갑자기 자기 스스로 끝까지 열렸고 벽에 부딪혀 쾅 소리가 났다. 그리고 곧바로 목이 찢어질 듯한 비명이 이 저택에 울려 퍼졌다.

방 안에는 관석 선배가 옷장 위에 목을 매단 채 죽어있었다. 관석 선배의 목을 매고 있는 밧줄은 서로 다른 방향으로 연결되어 있었다. 하나는 문고리에 연결되어 묶여 있었다. 이 문고리에 연결된 밧줄 때문에 선생님이 문을 열자 목을 매단 관석 선배의 시체가 살짝 아래로 내려왔다. 충격적이었다. 말로는 미처 말할 수가 없었다. 난 곧바로 몸이 굳어버렸다. 온몸에 머리에서부터 내려오는 소름 같은 것이 손끝 발끝까지 퍼졌다. 관석 선배에게서 눈을 뗄 수가 없었다. 공기가 날 짓누르는 것처럼 창백한 피부, 초점 없이 그대로 뜨고 있는 소름 돋는 눈, 더이상 산 사람의 얼굴이 아니었다.

"선생님, 무슨 일이에요!"

계단에서 올라오는 애들의 발걸음 소리. 웅성웅성 사람들이 모여드는 소리. 들렸지만 반응할 수 없었다. 모든 것이 흐릿하게 들렸다. 그저 난 이 처참한 광경밖에 볼 수 없었다.

"서, 성일아!"

순간적으로 정신이 바짝 들었다. 둘러보니 선희가 바닥에 주저앉은 채 공포에 질린 얼굴로 관석 선배의 시체를 바라보고 있었다.

"애들아! 일단 내려가 있어! 내려가 있어!!"

"선희야, 일단 내려가 있자. 빨리!"

주저앉아 있는 선희를 일으켜 세우고 밑에 층으로 내려갔다.

"성일아, 저 위에 있는 거… 관석 선배."

선희는 떨고 있는 목소리로 말끝을 흐렸다.

"아직 확실한 건 없어."

계속해서 머릿속에서 떠올랐다. 그 처참한 광경을 잊을 수 없었다. 애들의 발걸음 소리가 들려왔다. 애들은 위층에서 내려오더니 조용히 자리에 앉아서 그저 하염없이 땅을 바라보고 있었다. 나하고 선희도 마찬가지였다. 조금 시간이 지나자 나는 진정되기 시작했다. 곧이어 선생님이 내려오셨다.

"애들아, 관석이는 자살한 것 같아."

모두가 선생님을 바라봤다. 곧이어 하윤이 고개를 들며 말했다.

"선생님, 경찰은… 경찰은 언제 와요?"

"아까 위층에서 전화했어. 곧 올 거야."

그저 경찰이 올 때까지 기다릴 수밖에 없었다. 차차 시간이 가자 애들도 진정이 된 것 같았다. 무거운 침묵이 짓누르는 이곳에서 선생님이 식당에서 전화하는 소리가 살짝 들렸다.

"네? 그게 무슨 소리세요! 대체… 가능한 한 빨리 부탁드려요."

선생님이 곧이어 망연자실한 얼굴로 홀에 왔다.

"애들아, 놀라지 말고 들어. 아까 비가 내릴 때 산사태가 심하게 났나봐. 그래서 이곳에서 더 기다려야 된대."

"네? 선생님 그게 무슨 말씀이세요? 얼마나 더 기다려야 해요!"

하윤이 자리에서 일어나 선생님에게 말했다.

"그게 하루 이틀 정도래."

이 말이 들리자마자 곧이어 불평이 터져 나오기 시작했다.

"여기서 어떻게 이틀이나 더 지내요!"

"선생님, 그럼 저 시체는 어떻게 해요!"

"시체가 같이 있는 층에 못 있겠어요!"

계속해서 애들의 탄식하는 소리가 나왔다. 진정할 기미 없이 끊임없이 말이 들렸다.

"애들아, 일단 진정해!"

선생님의 큰 목소리에 순간적으로 조용해졌다.

"경찰도 못 온다는 건 어차피 우리도 못 내려가. 그저 여기서 가만히 있는 게 가장 빨리 나갈 수 있는 방법이야! 그저 조금만 참으면 돼."

말한 애들도 전부 알고 있을 것이다. 나가고 싶은 마음은 선생님도 똑같을 것이다. 조금 시간이 지났지만 여전히 아무도 위에 올라가지 않았다. 못했다고 말해도 이상하지 않았다.

목이 말라 식당으로 가보니 선생님이 서랍에서 무언가를 찾고 계셨다.

"선생님, 뭘 찾고 계세요?"

"흰색 천을 찾고 있어."

"저도 같이 도와드릴게요."

"혼자서도 충분한데… 고마워."

선생님 옆의 서랍을 열어 보니 가지런히 정리된 흰색 천이 있었다.

"선생님 이거요?"

"어 맞아. 찾아줘서 고마워."

선생님은 천을 받으시고는 계단으로 가셨다.

"선생님 2층은…."

"알고 있어."

선생님은 2층으로 올라가 관석 선배의 방으로 가는 것 같았다. 나는 그대로 선생님을 따라갔다.

"선생님, 관석 선배 덮어주시게요?"

"관석이를 저대로 두기에는 너무 불쌍하잖아."

"선생님, 혼자서는 힘들 거예요. 도와드릴게요."

"아니야. 성일아, 밑에 내려가 있어."

"선생님 전 괜찮아요. 진짜."

진중한 눈빛으로 선생님을 바라보니 선생님은 아무 말도 안 하셨다. 2층에는 아무도 올라가지 않아 문은 계속 열려있었다.

"일단 관석이를 밑에 눕힐 거야."

밑에 눕히려면 밧줄 안에 들어가 있는 얼굴을 빼내야 했다.

"일단 몸을 들어서 얼굴을 빼내자."

목을 밧줄에서 빼내려고 가까이 갔다. 가까이서 관석 선배를 보니 훨씬 더 처참했다. 초점이 없이 허공을 바라보는 두 눈. 힘없이 살짝 아래를 향하는 얼굴. 피부와 주위에서 맴도는 차갑고도 무거운 공기가 느껴졌다. 몸을 들어 얼굴을 빼내려고 했지만 목을 조이고 있는 밧줄 사이 공간이 너무 작아 밧줄을 풀 수밖에 없었다.

"선생님, 밧줄을 풀어야겠어요."

"성일아, 넌 뒤로 가 있어."

선생님은 관석 선배 옆에 가서 팽팽하게 묶여 있는 밧줄을 푸셨다. 옷장 위에는 대못이 박혀 있었는데 이걸 통해 목을 묶은 것 같았다. 관석 선배를 묶고 있던 밧줄을 풀어도 옆에 밧줄이 이어져 있었다. 한쪽은 문고리에 한쪽은 책상다리에 묶여 있었다. 목을 매고 있던 밧줄을 풀자 선배의 시체가 선생님 쪽으로 힘없이 떨어지며 바닥으로 떨어질 뻔한 것을 두 손으로 간신히 잡았다.

"고마워, 성일아."

선생님은 내게 앞쪽으로 쓰러져 있는 관석 선배를 다시 뒤쪽으로 눕혔고 난 선배의 다리를 올곧게 뻗게 했다. 선생님은 아까 바닥에 놔둔 흰색 천을 들고 펴셨다. 난 선생님이 선배 위에 천을 쉽게 덮을 수 있게 머리 쪽으로 갔다. 쓰러져 있는 선배를 그저 하염없이 바라보다 선배의 머리카락에 무언가 묻어있었다.

'이게 뭐지?'

자세히 보니 짙고 검은 빨간색이 한곳에 많이 묻어있었다.

'이건 설마… 피?'

머리카락을 살짝 들춰보니 선배의 머리에 살이 벗겨져 상처가 나 있었다.

"성일아, 이 천 좀 잡아줘."

"앗, 네."

천을 잡아 길게 늘어뜨려 누워있는 관석 선배 위에 덮어줬다.

"성일아, 수고했어."

선생님은 내가 이것을 한 게 자꾸 마음에 걸리시는 것 같았다.

"선생님, 전 괜찮아요. 저대로 둘 수는 없잖아요."

선생님의 얼굴에 아주 살짝 입꼬리가 움직였다. 미묘한 움직임이라 어떤 감정인지 가늠하기 어려웠지만 어떤 마음일지 알 수 있을 것 같았다. 선생님은 관석 선배의 방문을 닫으셨다. 그리고 선생님은 자신의 방으로 들어가셨다.

'근데 왜 선배 머리카락에 피가 묻어있지?'

생각해 보니 지금 이 모든 상황이 이상하다.

'선배는 대체 왜 이곳까지 와서 자살한 거지? 어제저녁만 하더라도 선배는 애들과 대화를 나누며 웃고 있었어. 그런 사람이 바로 몇 시간 후에 자살을 할까? 아무리 생각해도 이상해.'

"성일아, 너 여기 있었구나. 한참 안 와서 한번 올라왔는데 뭐 하고 있었어?"

가만히 있는 나를 움직이게 한 것은 선희였다.

"잠시 선생님을 도와서 관석 선배를 바닥에 내려뒀어."

"그랬구나."

"선희야, 하고 싶은 말이 있어 내 방으로 가자."

"하고 싶은 말이 뭔데?"

"일단 들어가 봐. 빨리!"

선희를 재촉하며 내 방에 들여보낸 후 복도에 다른 누군가 있는지 확인 후 문을 닫고 잠갔다.

"선희야, 충격받지 말고 들어. 내 생각에 관석 선배는 자살이 아닌 것 같아."

"뭐? 자살이 아니란 건 설마 살해당했다는 거야?"

"맞아."

"말도 안 돼. 하지만 목을 매달고…."

"아까 전 선생님하고 같이 관석 선배를 내려놓다가 발견했어. 머리에 상처가 나 있고 머리카락에 묻은 피가 굳어 있는 것을. 이미 죽을 사람이 굳이 자신의 머리에 상처를 내진 않잖아. 그리고 상식적으로 생각해 봐도 이상해. 죽을 사람이 굳이 여기까지 와서 이렇게 자살하는 것도 이상하잖아."

"확실히 듣고 보니깐 이상해. 선배가 매달린 광경이 너무 충격적이라 생각도 못 하고 있었어… 성일이 네 말대로라면 범인은 대체…."

"그건 나도 모르겠어. 하지만 확실한 건 관석 선배는 살해당했다는 거야."

"근데 그렇다면 다음 피해자도 나올 수 있다는 거잖아!"

"맞아. 범인이 어떤 목적이 있다면."

"나 더이상 여기 못 있겠어. 무서워."

"일단 되도록 혼자 다니지 마."

그리고선 나는 방문을 열었다.

"성일아, 어디가?"

"더 돌아다녀 보려고. 어딘가에는 단서가 있겠지."

"나 보고는 혼자 있지 말라며!"

"그럼 같이 갈래?"

"너 죽는 꼴은 보고 싶지 않아서 같이 간다."

먼저 밖을 보려고 문으로 향했다. 밖으로 나가 가장 먼저 숙소 건물 주위를 살펴보려 문으로 나섰다. 숙소 건물 정문으로 나가자마자 아래쪽으로 이어진 발자국이 보였다.

'이 발자국은 뭐지? 발자국을 따라가 보니 큰 나무가 자리 잡고 있었다.'

"나무가 꽤 크네."

이 나무는 숙소 건물과는 살짝 멀리 있었다. 다른 발자국이 있나 숙소 건물을 한 바퀴 돌았지만 주방 문에서 극장으로 이어지는 발자국을 제외하고 아무런 발자국은 찾을 수 없었고 그저 우리가 지나간 자국만 남았다.

'범인이 만약에 관석 선배 방에서 나갔다면 발자국이 숙소 건물 근처에 남아있을 거야. 나무 근처 발자국은 숙소와 너무 멀어.'

"성일아, 이제 그만 들어가자. 점점 어두워지고 있어. 비가 오려나 봐."

"어… 어! 알았어."

선희를 따라 다시 건물 안으로 들어갔다. 연극부 애들은 충격 때문인지 한 명도 위층으로 올라가지 않았고 그저 막연히 앉아 있었다. 우리가 홀에 오자 앉아있던 애들이 고개를 들어 우릴 봤다. 모두 우리가 어디를 갔다 왔는지 궁금해하는 것 같았다.

"너희 어디 갔다 왔어? 방에 들어간 줄 알았는데."

하윤이 자리에서 일어나며 물었다.

"아 그냥 머리도 식힐 겸 바람 좀 쐬고 왔어. 근데 밤이나 아침에 나갔었던 사람 있어?"

하윤이 내 말을 듣곤 뭔가 생각난 듯 입을 열었다.

"오늘 아침에 일찍 일어나서 바깥에 나갔다가 왔어."

"이상한 거 본 적은 없고?"

"어 딱히 이상한 건 못 봤어. 근데 왜?"

"아니 그냥 바깥에 발자국이 있길래. 하하"

하윤은 내 말에 대답하고 나서 잠깐 서 있다가 다시 자리에 앉았다. 창문으로 바깥을 보니 다시 비가 올 것처럼 어두워졌다. 몇 분 되지 않아 창밖에서 비가 옅게 내렸고 다시 침묵으로 번진 이곳에 빗소리가 퍼졌다.

"저놈의 비! 저 비 때문에 나가지도 못하고 갇혀 있어."

서현 선배의 목소리였다. 모두 들으라 할 정도로 큰 목소리는 아니었지만 조용한 이곳에서 선배의 목소리는 아주 잘 들렸다.

"얘들아, 배고프지 않니?"

2층에 계시던 선생님이 계단에서 천천히 내려오셨다.

"마침 배가 고팠어요."

대현 선배의 말처럼 배가 고파왔다. 대낮부터 그런 끔찍한 사건을 겪고 나니 먹을 것에 대한 생각은 하지 못했다.

"그럼 일단 도시락을 줄게. 식당으로 가자"

선생님이 앞장섰고 다들 천천히 자리에서 일어나 식당으로 가서 자리에 앉았다. 선생님은 냉장고에서 도시락을 하나씩 꺼내서 식탁 위에 두셨다.

"난 못 먹겠어."

"나도 입맛이 없네."

"선생님 저도 못 먹겠어요."

서현 선배를 시작으로 선희까지 밥을 거부했다. 그런 끔찍한 광경을 겪고 나면 누구나 그럴 것이다.

"얘들아, 그러면 여기 냉장고에 도시락을 놔둘게. 먹고 싶으면 와서 먹어."

선생님은 안 먹고 싶다는 사람의 도시락을 거둬 도로 냉장고에 넣으셨다.

"얘들아, 사실 말 안 한 게 있어. 관석 선배는 자살이 아닌 것 같아."

모든 시선이 나에게 쏠렸다.

한순간에 공기가 무겁게 내려앉았다. 내 말에 대현 선배가 말했다.

"그렇지만 우린 모두 그 광경을 두 눈으로 똑똑히 봤잖아! 관석의 모습을."

"아까 선생님과 같이 관석 선배의 시체를 눕히다가 발견했어요. 선배의 머리에 상처가 나 있고 머리카락에는 피가 묻어 굳어 있는 것을 이미 죽을 사람이 뭐 하러 자기 머리에 상처를 내겠어요. 만약 살아있었을 때 상처가 났다면 어떤 조치를 했을 거예요. 즉 관석 선배를 살해한 범인이 낸 상처란 거죠. 그리고 상식적으로 생각해 봐도 자살할 사람이 굳이 여기까지 와서 자살을 한다는 것도 납득하기 어렵죠."

"그렇다면 관석이는 살해당했다는 거야? 그럼 범인은 대체 누구인 거야!"

"그럼 범인이 이 안에도 있을 수 있단 거야?"

"아니, 그건 불가능해."

서현 선배의 말을 막은 건 다름 아닌 선생님이셨다.

"내가 갔을 때 문은 잠겨있었어. 성일이도 같이 봤고, 게다가 난 너희들에게 방 키를 나눠준 적이 없어. 게다가 이 건물 안에 방 열쇠도 없고 문을 밖에서 잠글 수 있는 것은 마스터키밖에 없어. 마스터키는 내 방 안에 있는 가방에 계속 보관하고 있었어. 게다가 난 마스터키가 있다는 사실을 말하지도 않았어. 우리 중 범인이 있다면 그 방을 안에서 잠겼다면 빠져나오지 못했을 거야. 우리 중에 범인이 있을 리가 없어."

선생님의 목소리에서 왠지 모를 간절함이 느껴지는 것만 같았다.

"맞아! 우리 중에 범인이 있을 리가 없어 아마도 외부에서 들어온 미치광이 살인자가 관석 선배를 자살로 위장시킨 다음 사다리나 밧줄 같은 걸로 빠져나갔을 거야!"

하윤이도 선생님에 말에 동조했다.

"아니 그건 불가능해. 사실 조금 전에 비가 잠깐 그쳤을 때 선희랑 같이 밖을 나가서 숙소 건물을 한 바퀴 돌았어. 근데 숙소 건물 근처에는 발자국 하나 없이 깨끗했어. 만약 범인이 사다리를 이용했다면 근처에 발자국이 남아 있을 거야. 밧줄을 이용해 나가는 것도 밧줄 끝을 고정한 후에야 나갈 수 있는데 나간 다음 밧줄을 회수할 수 없어. 즉 완전한 밀실이라는 거지."

"그렇다면 우리는 물론 그 누구도 범행을 저지를 수 없는 거잖아! 대체 귀신도 아니고! "

하윤의 목소리가 살짝 떨렸다.

"근데 마스터키 선생님이 계속 가지고 계셨죠?"

대현 선배가 조심스럽게 말을 꺼냈다.

"당연하지! 설마 날 의심하는 거니?"

"아 아니에요! 선생님을 의심하는 건 아니지만 마스터키는 계속 선생님만 가지고 있어서."

"그래 정황상 내가 제일 의심 가는 상황이지. 하지만 내가 뭐 하러 내 제자를 죽이겠어!"

선생님은 말을 한 후 우리를 바라보셨다.

"아… 미안해. 하지만 난 진짜 범인이 아니야."

선생님은 말끝을 흐리시며 그저 땅만 바라보셨다.

"누가 범인인지는 저도 몰라요. 하지만 확실한 건 저 밀실 살인을 한 사람은 우리 중 한 명일 가능성이 높다는 것이죠."

그 후로 대화가 끊겼다.

아무도 섣불리 말하지 않았고 이미 밖은 어두워져 밤이 되었다.

"선생님 날이 어두워졌어요."

"선희가 창문으로 밖을 내다보며 말했다. 밖에는 여전히 비가 내

리고 있었다. 마치 우릴 가두는 듯이

"애들아, 올라가서 쉬고 있어. 불안한 애들은 여기나 홀에 계속 있고. 혹시 모르니깐 잘 때는 꼭 문을 잠가 둬."

난 내 방에 가 있으려고 위층으로 올라갔다. 선희도 같이 위층으로 올라갔다. 내 방문을 열자 선희도 같이 들어왔다.

"뭐야, 같이 있으려고?"

"너 혼자 뒀다가 큰일 나면 어떡해. 네가 이리저리 돌아다니다가 다칠 수도 있잖아."

"믿지 못하겠다는 듯한 말투는 뭐야?"

선희는 내 방에 들어왔다.

"솔직히. 너무 무서워. 밖에서 들어온 살인마도 당연히 무섭지만 여기서 누군가가 사람을 죽이고는 연기하며 속이고 있단 거잖아. 외부인보다도 그게 제일 무서워."

"걱정하지 마! 진실은 언젠가 밝혀질 테니."

"말만이라도 위안이 되네."

선희는 말을 하고 내방 침대로 올라가 누웠다.

"선희야, 근데 그거 내 침대인데."

"미안해. 오늘 너무 많은 일을 겪어서 피곤해."

나 원 참, 이거 내쫓을 수도 없고 나도 아까부터 배가 고팠지만 아무것도 먹지 못해 도시락이라도 먹으려고 방을 나갔다.

"성일아, 어디가?"

"배고파서 뭐 좀 먹으려고."

난 복도를 걸어가며 계속 의문점들을 생각했다.

'범인은 관석 선배를 왜 죽인 거지? 대체 무슨 이유로?'

계단을 내려가며 천천히 사건을 돌이켜 보았다.

'범인이 굳이 이렇게까지 할 이유가 있었던 걸까? 그렇다면 그

이유는 대체 뭐지?’

식당에 내려가 주방으로 가서 냉장고에서 도시락을 꺼냈다. 식탁 위에 도시락을 놔두고 먹으며 다시 생각하기 시작했다.

‘범인이 살인할 만한 동기는 대체 무엇이지?’

기억을 되짚으며 단서가 될 만한 것을 떠올리기 시작했다.

‘다들 앞에서는 받들어도 뒤에서는 욕하지. 죽은 사람을 폄하하고 싶진 않지만 아마도 관석 선배 평소에도 딱히 행실이 좋지는 않았던 것 같네. 이것말고 딱히 동기에 대한 단서는 없는 것 같네.’

밥을 다 먹고 나서 쓰레기를 버렸다. 홀을 보니까 다들 없었는데 아마도 다들 올라간 것 같았다. 나도 이제 슬슬 졸렸다. 방에 가보니 선희가 내 침대에서 자고 있었다. 나는 하는 수 없이 선희 방에 들어가 침대에 누워 버렸다.

‘범인이 밀실을 만들었다면 그럴 수밖에 없는 이유가 있어서겠지. 건물 주변에 하나도 없는 발자국 다른 쪽으로 연결되어 묶어있는 두 개의 밧줄. 아마도 이것이 단서가 될 수 있을 거야. 이것들의 연관성은 뭐지?’

침대 위에 누워 생각을 하며 시간을 보냈다. 점점 졸음이 밀려와서 머릿속 생각들이 흩어지는 것이 느껴지고 눈이 감겼다.

"어!"

일어나니 방안의 옅은 파란빛이 들어와 있었다. 새벽에서 아침으로 넘어가는 사이에 깨어난 것 같았다. 침대 옆에 창문으로 밖을 보니 비는 그쳤고 옅은 청색 빛과 안개로 가득 차 있어 아직 어두웠다.

1층으로 내려가 보니 아무도 없었다. 아마 내가 제일 일찍 일어난 것 같았다.

물이라도 마시러 정수기가 있는 식당으로 갔다. 정수기 옆에서 종이컵을 찾았지만 보이지 않았다. 하는 수 없이 주방 선반 위에 나열된 도자기 컵 중 하나를 들었다. 물을 마시러 나가려다 밖으로 이어지는 주방문이 왠지 모르게 눈에 밟혔다. 주방 문 위쪽에는 유리로 되어있는 창이 있어 밖을 볼 수 있었다. 창밖에는 안개 때문에 잘 보인다고 할 순 없었지만 극장하고 옆에 창고가 보였다.

'창고 문이 닫혀 있네. 처음 볼 때는 열려 있었는데….'

어제 숙소 건물 주위만 보고 극장은 가지 않았다는 사실이 떠올랐다. 혹시 저곳에서 이 사건에 단서가 될 만한 것이 있을까 하는 생각이 들어 도자기 컵을 선반 위에 놔두고 주방문을 열어 밖으로 나섰다. 발밑에는 당연히 발자국들이 여러 갈래로 이어져 있었다. 중간까지 가다 발자국이 극장하고 다른 방향으로 이어져 있는 것이 보였다. 자세히 보니 창고하고 이어져 있었다. 이상하다 싶어 그 발자국을 따라가 문이 닫혀 있는 작은 창고까지 걸어갔다. 나무 창고였는데 벽을 이루고 있는 나무가 조금 오래되어 보였다. 창고 문에 달린 철 손잡이를 잡아당기니 끼익, 하는 소리와 함께 문이 열렸고 안을 확인해보니 아무것도 없었다.

'잠깐 처음 봤을 때는 분명히 물건들이 있었는데 어떻게 된 거지? 설마 범인이?'

갑자기 머릿속에서 목을 맨 관석 선배가 떠올랐다.

'설마 관석 선배의 목을 맸던 밧줄이 창고 안에 있던 것이었나? 그렇지 않다 하기에는 굳이 물건이 없어질 이유가 없어. 하지만 그렇다면 나머지 물건들은 왜 사라진 거지? 범인이 나머지 물건까지 없애야만 하는 이유가 있었던 것일까?'

나는 그 자리에 서서 생각을 정리했다.

'만약에 내가 범인이었다면 이래야 하는 이유가 있었을까? 범인은 굳이 여기에 있는 물건을 가져갔어. 물건을 가져가면 언젠간 티가 날 거야. 게다가 어떻게 밀실을 만들었는지까지 들킬 수 있는 위험이 있어. 굳이 범인은 이런 모험을 할 필요가 있었을까? 게다가 범인이 미리 와보지 않은 이상 이 안에 무엇이 들었는지 알 수 없어. 여기에 물건을 둔다면 걸릴 위험도 있는 데다가 그럴 이유가 없어. 그렇다면! 이건 우발적 살인이었던 것인가?'

계획적인 살인이라기에는 설명할 수 없는 것들이 보였다. 창고 안쪽 면을 포함해 바깥쪽까지 자세히 살펴봤지만 다른 단서는 찾을 수 없었다. 더이상 찾을 수 있는 게 없다고 생각한 나는 극장으로 몸을 돌렸다.

극장 홀은 창문이 있었지만 아직 어두워 구석진 곳을 자세히 볼 수 없었다. 나는 어둠에 가려 볼 수 없는 곳을 보기 위해 주머니 속에서 휴대폰을 꺼내 손전등 기능을 켰다. 휴대폰으로 공간들을 비춰보며 확인하기 시작했다. 바닥에는 자국들이 조금 있었고 벽도 자잘한 자국들이 많았지만 그다지 특별한 건 없는 것 같았다. 극장 홀에 있는 서랍 옆면을 비춰보니 밝은 나무색의 서랍에 대비되는 검고 짙은 빨간색의 자국이 보였다. 이 자국은 굉장히 인위적으로 보였다. 혹시나 해서 같은 색깔의 자국이 있나 다른 면도 살펴봤지만 같은 색깔의 자국은 찾을 수 없었다. 게다가 모양도 인위적이긴 마찬가지였다. 오른쪽으로 향하는 화살표 모양처럼 보였는데 마치 ㄱ처럼 보이기도 했고 일본어처럼 보이기도 했다. 그리고 중간 부분에 자국이 쭉 내려가다가 희미해졌다 잘 보면 ㅈ처럼 보이기도 했다.

'설마…이건 피? 그렇다면 관석 선배는 여기서 죽었다는 것인가? 게다가 자국 자체가 무언가 남기고 싶었던 것 같아. 마치 다잉 메시지처럼. 그렇다면 범인은 우리가 알만한 인물이란 건가? 선배가

죽기 전까지 남기고 싶었던 것이 이것이라면 이건 범인을 찾는데 중요한 단서가 될 거야!'

왠지 모르게 소름이 돋았다. 이것이 다잉 메시지라면 관석 선배는 내가 서 있는 이 장소에서 죽었다는 것이다. 나는 혹시나 다른 곳에서도 단서가 될 만한 것이 있나 샅샅이 살펴봤다. 다른 곳에서는 이렇게 뚜렷한 단서가 보이지 않았다. 나는 홀을 살펴본 뒤에 홀에서 이어지는 계단을 올라가 연극 때 선희가 있었던 특수 효과를 만드는 곳으로 갔다.

나는 잘 볼 수 있게 불을 켠 다음 단서가 될 만한 것을 찾기 시작했다.

'범인은 대체 무엇 때문에 관석 선배를 죽였던 것이지. 아무리 생각해도 연극부 애들과 매치되는 부분을 찾을 수 없어.'

기계 장치 밑을 살펴보려고 의자를 뒤로 당겨 안쪽을 휴대폰 손전등으로 비춰도 보이는 것은 벽밖에 없었다.

'근데 왜 이렇게 아까부터 덥지.'

이마에서 땀이 한 방울 한 방울씩 맺히며 얼굴을 타고 내려왔다. 게다가 아까부터 타는 냄새가 났다. 기계 아래쪽을 보던 얼굴을 올리니 내 옆에 벽이 활활 불에 타고 있었다.

"어! 불이야!"

여기서 최대한 빨리 빠져나가려고 타오르고 있는 불을 인지하자마자 반사적으로 문손잡이 잡았다.

"앗, 뜨거워!"

그 사이 벽면에 불은 벽면 전체를 빠르게 잠식하면서 내 쪽으로 빠르게 다가오고 있었고 곧이어 내 뒤에서 펑 하는 소리가 들렸다.

'안 돼. 이러다간 꼼짝없이 죽고 말 거야!'

난 팔을 내 옷 안에 집어넣고 옷으로 문손잡이를 잡고 열었다.

문을 여니 계단 벽면은 온통 주황빛의 불로 뒤덮여 있었다. 난 한쪽 팔로 얼굴을 가리고 계단 속으로 내 몸을 내던졌다. 불 속의 열기가 그대로 나한테 전해졌다. 빠르게 계단을 내려가다 실수로 발을 헛디뎌 몸이 중심을 잃고 휘청거렸지만 다행히 중심을 찾고 지체할 틈 없이 다시 뛰었다. 도중에 불이 한번 크게 타올라 내 오른쪽 팔에 닿았다. 느껴졌지만 반응조차 못 했다. 드디어 지옥같이 불타는 이곳에서 문이 보이기 시작하자 난 더 빠르게 뛰었다. 문밖으로 나가자 햇빛이 날 감싸며 비췄고 속도를 주체하지 못한 나는 그대로 땅으로 넘어져 버렸다.

"하아… 죽는 줄 알았네. 까딱하면 통구이가 될 뻔했어."

곧이어 불을 발견한 애들이 내 쪽으로 달려왔다.

"서…성일아!"

가장 먼저 온 건 선희였다. 선희를 보니 난 살았구나 싶은 마음이 들어 속으로 안도의 한숨을 쉬었다. 곧이어 선생님이 달려왔다.

"성일아! 살아있어?! 말 좀 해봐!"

선희가 내 몸을 흔들며 놀란 목소리로 말했다.

"나…살아있어."

"다행이다…!! 죽은 줄 알았잖아!"

곧이어 선생님이 오셨다.

"성일아, 괜찮아? 너 팔에 화상을 입은 것 같아! 빨리 흐르는 물에 씻겨야 돼!"

"선생님 무슨 상황이에요?!"

여러 사람이 뛰어오는 소리가 들렸다. 보니 대현 선배와 서현 선배 그리고 하윤이가 있었다.

"하윤아, 성일이가 화상을 입었어! 선생님 방에 구급 키트가 있을 거야. 빨리 가져와 줘!"

"네!"

선생님 말씀을 듣고 곧바로 하윤이가 뛰어갔다.

"성일아, 혼자 못 일어나겠어?"

"몸에 힘이 안 들어가요."

"어쩔 수 없다."

선생님이 내 왼쪽 팔을 어깨에 두르시고 나를 일으켜 세워 주셨다.

"성일아, 조금만 걷자."

선생님에게 부축받으면서 주방에 가서 내 화상 입은 팔에 물을 끼얹었다.

"아, 따가워!"

"나 보고는 혼자 다니지 말라면서 왜 혼자 행동해 가지고…. 너 죽을 뻔했다고!"

"앗! 그래도 안 죽었잖아."

"으이구 자랑이다, 정말."

"하하, 미안."

"선희야, 이제 20분 정도 했으니 빼도 좋을 것 같아 홀에 가서 연고를 바르고 붕대를 감자."

선희는 수도꼭지를 아래로 내렸다. 선생님을 따라 홀로 가니 모두 홀에 모여 있었다. 그중에 하윤이의 까칠까칠한 손바닥 위에 있는 구급 키트가 눈에 들어왔다.

"성일아, 여기 앉아서 팔을 내밀어 봐."

선생님은 하윤이의 손 위에 있는 구급 키트를 열어 화상 연고를 팔에 바르고 그 위에 붕대를 감아주셨다.

"쌤, 감사해요."

"성일아, 되도록 화상 부위에 물이 튀지 않게 해."

"네, 그럴게요."

"너 이름이 성일이지?"

서현 선배가 내게 말했다.

"앗! 네."

"어떻게 하다가 화상을 입게 된 거야?"

"극장 안에 이 살인사건에 단서가 될 만한 건 없는지 찾아보고 있었어요. 그러다가 연극 중일 때 선희가 있던 방에 가서 조사하고 있다가 옆 벽면을 보니 불타고 있었어요. 그래서 빨리 극장을 빠져 나가려고 불길 속을 헤쳐 나오다가 팔을 뎄어요."

"그렇다면 그 불을 지른 사람이 범인이란 거야?"

"아마도 그런 것 같아요. 아마 범인은 절 계속 감시하며 기회를 엿보다가 제가 떨어져 있는 틈을 타 불을 지른 것 같아요."

"그렇다면 계속해서 사람이 죽을 수도 있다는 거야?!"

"그건 오로지 범인만이 알겠죠."

서현 선배의 떨리는 목소리가 들렸다.

"애들아, 되도록 혼자 떨어져 있지 말자. 만약 떨어지게 되면 꼭 두 명이서 가고."

여기 있는 사람들 속에서 속으로 아쉬워하는 범인이 있을 것이다. 창밖을 보니 어제 봤던 큰 나무가 보였다.

'없어진 창고에 물건들. 관석 선배 방에 묶여 있는 밧줄. 관석 선배 방을 조사해 봐야겠어.'

나는 위층으로 가려고 자리에서 일어났다.

"성일아, 어디 가?"

내가 위층으로 가려 일어났을 때 선생님의 목소리가 들렸다.

"이런저런 일을 당하니 몸이 피곤해서 누워 있으려고요."

"성일아, 혼자 있는 건 위험해. 그런 일도 당해놓고."

"선생님, 그럼 제가 성일이 옆에 있을게요."
이때 선희가 자리에서 일어나 선생님에게 말했다.
"그래. 그럼 조심히 있어."
나는 계단을 올라갔고 선희도 나를 따라왔다.
"성일아, 그거 거짓말이지?"
"어? 뭐가?"
"누워있고 싶다는 거 말이야."
"들켰네."
한 손을 뒷머리에 대며 말했다.
"뭘 하려고 그래. 그러다가 진짜 어떻게 되면 어쩌려고."
"난 명줄이 길어서 괜찮아."
"넌 내가 걱정해줘도 계속할 것 같네."
"에이 왜 말을 그렇게 해."
"할 거면 혼자 하지 말고 같이 해. 어차피 넌 계속 할 것 같으니까. 그래도 한 명보단 두 명이 더 낫잖아."
"그래 주면 나야 고맙지."
"그래서 이번엔 어디를 갈 거야?"
"먼저 관석 선배 방에 가려고."
"뭐? 거기를?"
난 관석 선배의 방문을 열었다. 바닥에는 천에 덮인 관석 선배의 시체가 눕혀 있었고 문고리에서 책상다리에 묶인 밧줄은 아직 그대로였다. 자세히 보니 밧줄이 꽤 낡았다. 중간중간 실타래도 삐져나와 있었다.
"성일아, 분위기가 안 좋아 빨리 나와."
선희는 차마 방 안까지 들어가지 못하고 문 쪽에 서 있었다. 여기서도 창문을 보니 큰 나무가 보였다. 창문에 가까이 다가가 한 손으로 창문을 끝까지 열고 손을 떼 보니 이곳도 마찬가지로 고정되지 않고 밑에 창틀에 부딪혀 쾅 하는 소리가 났다. 책상 밑과 옷장 속 침대도 살펴봤지만 이곳에는 핏자국 같은 것도 보이지 않았다.

"선희야, 근데 여기 온 사람들 이름이 뭐였더라?"

"나하고 하윤이는 당연히 알 거고 선생님 이름도 너 알고 있지?"

"당연하지!"

"선배들 이름을 모르겠구나. 남자 선배 이름은 강대현, 여자 선배 이름은 김서현."

"암튼 빨리 나와 더는 여기 있고 싶지 않아."

"어! 알았어. 지금 나갈게."

관석 선배 방에서 나와 문을 닫았다.

"이제 뭐 하게? 성일아."

'분명 이 밀실은 트릭일 거야! 생각해 보자.'

기억을 되살려 하나하나씩 생각했다. 건물 근처에 하나도 없는 발자국. 관석 선배 방에 있는 묶여 있는 밧줄. 찢어진 옷. 없어진 창고 물건들. 무대 홀 서랍 옆면의 다잉 메시지.

"성일아, 뭐해?"

"그래… 그거였어!"

"뭐가?"

"범인의 정체! 그리고 이 밀실 트릭까지도!"

"뭐? 정말?!"

"내 예상대로였어. 범인은 우리 중 한 사람이었어! 홀에 아직 모두 모여 있겠지?"

"어… 아직 경찰이 안 왔으니."

"빨리 내려가자! 시간이 없어!"

"알았어!"

선희와 나는 재빨리 계단을 내려가 모두가 모여 있는 홀에 갔다. 모두 자리에 앉아 있었다.

"성일아, 누워있겠다고 하지 않았어?"

"선생님, 알아냈어요. 범인의 정체를! 그리고 밀실의 트릭까지도!"

"뭐? 그게 사실이야?!"

"네, 제 예상대로 범인은 우리 중 한 명이었어요!"

이에 대현 선배가 대답했다.

"하지만 성일아, 네가 관석이의 방은 밀실이라고 들어갈 수도 나올 수도 없는 밀실이라고 말했잖아!"

"네, 그랬죠. 하지만 이제 알아냈어요. 범인이 어떤 트릭을 써서 밀실을 만들었는지 그리고 범인이 누군지까지도. 이 사건의 전모를 밝혀드리겠어요."

"뭐?!"

"범인은 관석 선배를 극장으로 불러냈다가 어떤 이유로 관석 선배를 살해했죠."

"성일아, 그렇다면 관석이 방에서 살해당한 게 아니란 말이야?"

"네 맞아요. 제가 관석 선배가 살해당한 후 관석 선배의 방을 살펴봤는데 관석 선배는 범인에게 머리를 가격당하고 심지어 머리에 피까지 묻어 있었는데 관석 선배 방에는 핏자국이 없었어요. 대신 극장에 있었죠. 사건의 전말은 이러합니다. 범인은 어떤 모종의 일 때문에 관석 선배를 극장 홀까지 부르고 그다음에 범인은 관석 선배를 우발적으로 살해했습니다. 그래서 범인은 고심 끝에 어떤 아이디어를 떠올렸죠. 그게 바로 관석 선배를 자살로 위장한 다음 그 방을 밀실로 만드는 것이었죠. 먼저 범인은 모두 잠이 들기까지 기다린 다음 모두 잠이 들자 관석 선배의 시체를 방으로 옮겼어요. 그다음 밀실을 만들기 위해 극장 옆 창고에서 대못과 망치 그리고 밧줄과 사다리 그리고 와이어를 가져왔어요. 먼저 범인은 관석 선배를 자살처럼 보이게 하기 위해 옷장 위에 대못을 박은 다음 책상다리에 밧줄을 묶은 후 관석 선배의 목에 밧줄을 감은 다음 시체가 떨어지지 않게 목 뒷부분에 밧줄을 묶고 나머지 밧줄을 대못에 걸칩니다. 그다음 범인은 문고리에 팽팽하게 밧줄을 중간 부분부터 묶습니다. 그러면 밧줄은 끝부분이 길게 남아 있을 거예요. 그런 다음 밧줄 끝부분에 어느 무거운 물체를 묶은 다음 창문 밖으로 던져요. 근처에 발자국을 남기지 않기 위함이죠. 그리고 사다리를 나무 옆에 설치한 다음 던져진 밧줄을 들고 관석 선배의 방과 밧줄이 일직선이 되도록 팽팽하게 묶습니다. 그런 다음 다시 방으로 가서 문을 잠근 후 와이어를 밧줄에 걸치고 팽팽한 밧줄을 타고 밖으로 나간 다음 관석 선배 바로 아랫방인 홀로 가서 와이어를 잡아당깁니다."

내 말을 듣던 하윤이 말했다.

"잠깐 성일아, 설마 그 와이어로 밧줄을 끊어 낼 셈인 거야? 그렇지만 그건 불가능해. 와이어로는 밧줄을 끊지 못한다고!"

"네 맞아요. 그냥 와이어로는 밧줄을 끊을 수 없어요. 하지만 와이어 톱이라면 얘기가 달라지죠. 네, 맞아요. 범인이 사용했던 와이어는 와이어 톱이었던 거예요!"

"맞아! 톱날이라면 충분히 가능하고도 남아!"

"근데 여기서 문제가 생기죠. 와이어 톱의 길이가 너무 길었던 것입니다. 너무 길면 와이어가 창문틀에 걸릴 뿐만 아니라 밧줄을 끊는데 더 많은 힘이 들죠. 그렇다고 중간을 손으로 잡기에는 살이 뜯기겠죠. 그래서 범인은 고민하다 즉흥적으로 한 가지 묘안을 떠올립니다. 바로 홀에 있던 의상으로 와이어 톱 중간을 잡아 밧줄을 끊어내는 것입니다! 이것이 바로 무대 의상들이 찢어져 있던 이유에요! 이렇게 팽팽하던 밧줄을 끊어낸다면 밧줄은 안으로 들어가겠죠. 이 숙소 건물의 창문은 너무 낡아서 끝까지 위로 올려도 고정할 수 없어요. 바로 그 점을 이용해 밀실을 만들고 자살처럼 위장한 것이죠!"

"거기에 이런 트릭이 숨겨져 있었다니."

"근데 그렇다면 범인은 대체 누구야?!"

"극장 홀이 불에 타기 전에 제가 살펴봤는데 관석 선배가 죽기 전에 남긴 다잉 메시지가 있었어요. 관석 선배는 그 다잉 메시지로 범인의 이름을 적으려다 중간에 범인에게 살해당했죠."

"그 다잉 메시지가 대체 뭐야?"

"'ㅈ'이었어요."

"지읒? 여기서 ㅈ으로 시작하는 이름을 가진 사람은 단 한 명이야!"

모든 사람의 시선이 한 사람에게 향하였다.

"범인은 바로 정하윤 너야!"

하윤의 손이 떨리는 것이 보였다.

"어떻게 하윤이 네가…."

"잠깐! 난 범인이 아니야. 그 다잉 메시지는 어디까지나 너만 본 거잖아? 게다가 극장은 이미 불에 타고 없어져서 아무도 확인할 수 없어. 네가 거짓말을 하는 것일 수도 있잖아. 이건 억지야! 그건 증거로 타당하지 않아!"

"아니, 범인은 너야."

"아까도 말했잖아! 난 범인이 아니라고!! 그리고 그건 정확하지 않은 그저 심증일 뿐이잖아! 물증을 대봐! 내가 범인이라는 물증

말이야!"

"물증은 지금 바로 네 앞에 있어."

"뭐? 지금 장난하는 것도 아니고. 봐! 내 앞에 물증이 있는지."

하윤이 팔을 뻗으며 말했다.

"물증은 바로 너의 손이야."

하윤이 뭔가 짐작했는지 뻗은 팔을 다시 안으로 모았다.

"그 거리를 그 낡은 밧줄 하나에 의존하며 간다면 손에 상처가 생기는 건 당연하지. 봐! 네 손을…. 그게 네가 범인이라는 증거야!"

"아니야. 난 범인이 아니야! 이 손에 나 있는 상처들은 오기 전부터 있었다고! 게다가 선생님은 마스터키까지 가지고 있었어! 난 범인이 아니야!!"

"거짓말하지 마. 네가 범인이야. 봤었거든 버스에서."

"대체 뭘… 설마!"

"맞아, 버스에서 네가 얼굴과 손을 내밀고 손바닥을 들었다 놨다 했을 때 너의 손은 상처 없이 깨끗했어."

"맞아! 나도 기억나. 하윤이가 손바닥을 들었다 놨다 했을 때, 하윤이의 손은 상처 하나 없이 말끔했어!"

"더이상 빠져나갈 틈은 없어. 여기 있는 사람들의 손과 비교해보면 명확하게 드러나겠지. 자, 다들 손을 올려 손바닥을 보여주세요."

하나둘씩 손을 올려 손바닥을 보이기 시작했다. 단 한 사람 하윤만 제외하고. 하윤의 손이 떨리기 시작했다. 하윤은 손을 뻗으려다가 결국 포기하고 고개를 숙였다.

"하윤아, 정말… 정말 네가 죽였어?"

선희가 하윤에게 말했다. 선생님도 믿을 수 없다는 듯 하윤에게 말하였다.

"정말이야? 네가 관석이를 죽이고 성일이까지 불로."

"성일아, 네가 한 추리에는 틀린 게 하나 있어. 걔가 먼저 날 불렀어. 양심의 가책도 없이…. 하지만 죽일 마음은 없었다고!"

"하윤아, 대체 무슨 일이 있었던 거야?"

"하아."

"대체 왜… 왜 죽인 거야."

"우리 엄마는 의사셨어. 그래서 어린 시절 난 남 부러울 것 없이 살았지."

"엄마! 엄마는 진짜 사람을 살리는 거야?"

"응! 엄마는 의사니까!"

"우와! 나도 엄마처럼 의사가 되고 싶어!"

"진짜? 의사가 되려면 힘들 텐데."

"그래도 나도 사람을 살리는 의사가 되고 싶어!"

"그럼 분명 하윤이는 멋진 의사가 될 거야!"

문이 열리는 소리가 들려 가보니 아빠가 무언가가 담긴 봉투를 들고 오셨다.

"아빠 뭘 사고 온 거야?"

"우리 하윤이가 좋아하는 아이스크림 사 왔지."

"우와!"

그때가 내 기억에서 가장 행복했던 날들이었지. 그 일이 있기 전까지는. 잊을 수가 없어. 2년 전 우리 엄마 환자였던 사람이 갑자기 죽고 말았어. 사인은 약물중독이었지. 이후로 엄마는 병원에서 해고 통보를 받았고 뉴스에 우리 엄마가 다니던 병원이 나왔는데 내용은 충격적이었어. 병원에서 제약 회사로부터 뒷돈을 받고 약을 투여했다는 거였어. 난 그 뉴스를 보자마자 엄마가 생각났어. 하지만 내가 알고 있는 엄마는 그런 야비하고 부도덕한 사람이 아니셨어. 이후 우리 엄마는 경찰 조사를 받았지만 경찰은 입증할 수 없다고 했고, 엄마는 무혐의 처분을 받았어. 하지만 주변의 시선은 엄마를 살인자 취급했어. 게다가 엄마가 병원에서 해고당한 후 우리 집 재정 상황 또한 급격히 나빠졌어. 아빠가 일을 하셨지만 역부족이었어. 다니던 학원까지 모조리 끊어버렸지. 학교에 갈 때마다 이미 멍청한 소문들은 꼬리에 꼬리를 물고 퍼져나갔어. 모두가 날 피했지. 어떤 날에는 화장실에 갔는데 화장실 칸 바깥에서 나에 대한 근거 없는 소리를 하더라.

"와 너 손절 진짜 개 빠르게. 하네."
"걔네 엄마 살인자잖아. 으… 상종하기 싫다고."

그런 날들의 연속이었어. 내가 반에 들어가면 갑자기 조용해지는 건 부지기수였고, 반복되다 보니 난 점점 스스로도 엄마에 대해 의심하기 시작했어. 엄마는 절대 그럴 사람이 아닌데 주변에서 하는 의심을 나까지 할 때마다 나 자신이 역겹게 느껴지고 치가 떨렸어.

"우리 딸 왔어? 짜잔 서프라이즈!"
"어! 엄마 뭐야?"
"너 생일이잖아. 엄마가 큰맘 먹고 케이크 사 왔지!"
"뭐야, 돈도 없으면서. 엄마, 고마워!"

하지만 엄마는 항상 이런 나를 따뜻하게 대하셨어. 그럴 때마다 의심하는 나 자신이 한없이 작고 역겹게 느껴졌어. 그러다가 한 사건이 일어났어. 바로 우리 아빠가 약물 피해 유가족에게 폭행을 당하게 된 거야. 아빠는 병원으로 긴급으로 이송됐는데 그 병원은 전에 우리 엄마가 다니던 병원이었어. 그날 소식을 듣자마자 서럽게 울던 엄마의 목소리를 아직도 잊을 수가 없었어.

"엄마, 울지 마."
"미안해. 하윤아, 엄마 때문에…."

그곳에 입원하게 된 아빠는 상태가 좋아지기는커녕 더 나빠졌어. 게다가 집안사정도 터무니없이 안 좋아졌지. 후에 병원을 바꾼 아빠는 전보다 빨리 회복하기 시작했어. 그때 난 무언가 이상함을 느꼈지만 그저 느낌뿐이었어. 그리고 고등학교에서 박관석을 만나게 됐어. 걘 소위 말하는 노는 학생이었지만 그것 때문에 걜 기억하는 건 아니었어. 걘 우리 엄마가 다녔던 병원 원장의 아들이었어. 나하고 걔의 나이가 비슷해서 어릴 때 많이 놀아서 이름을 듣자마자 기억했지. 하지만 그때까지만 해도 딱히 큰 감정은 안 가지고 있었어. 근데 이곳에 온 첫날 밤 밥을 먹고 나서 내 방에서 쉬고 있는데 그 녀석이 나한테 메시지를 보냈어.

띠링.
정하윤 할 말 있어 극장으로 와

근데 뭔가 이상했어. 할 말이 있으면 문자로 하면 되잖아. 그래서 답장했지.
할 말이 있으시면 문자로 해 주세요.

아 그냥 중요한 얘기니까 빨리 와 빨리!

자꾸 재촉해서 난 결국 극장까지 갔어. 걔가 날 기다리고 있었어.

"하고 싶은 말이 뭔데요?"

"일단 문 닫고 가까이 와봐."

난 극장 문을 닫고 어두운 곳에 서 있는 그 녀석에게 다가갔어.

"야, 너네 부모 살인자라며?"

"뭔 말 같지도 않은 소리를 하고 있어! 그런 소리를 하러 날 부른 거라면 전 그냥 갈 거예요."

"중간에 반말하는 거 보소. 너 보통 깡이 아니구나? 뭐 그런 소리 하러 널 부른 게 아니야. 나 너네 부모 이름, 너네 집 주소, 내가 다 알고 있는데 인터넷에 퍼트리면 어떻게 될까?"

"너! 무슨 말이 하고 싶은 거야! 나한테 뭘 원하는 건데!"

"나랑 하자."

"뭘 하자는 건데!"

"성질머리 하곤. 관계 말이야."

"그니깐 대체 무슨 관계!"

"말귀를 못 알아먹네. 성관계."

그 녀석은 엄마 이름과 집 주소를 대며 날 협박하기 시작했어. 난 점점 두려워졌어. 머릿속에서는 아빠가 폭행당한 게 계속 떠올랐어. 얼굴과 몸통에 나 있는 끔찍한 자국들…!! 우리 엄마도 그렇게 될까 봐 무서워지기 시작했어. 게다가 돈을 벌어오던 아빠가 다쳐서 빚이 점점 불어나고 있었는데 엄마까지 그렇게 된다면…. 걔 말을 들어준다 해서 걔가 약속을 지킬 리는 없었어. 점점 더 날 협박해 올 거라는 건 눈에 뻔히 보였어. 그런데 내 머릿속에서 한 가지 생각이 떠오른 거야.

'얘네 부모는 우리 엄마가 다니던 병원 원장이었어! 설마 얘네 부모가!'

확실한 증거는 없었지만 난 말하기로 했어.

"너, 설마 내가 모를 거라고 생각했어?"

"뭘?"

"너, 생각보다 더 멍청하구나. 제약 회사로부터 뒷돈을 받은 네 부모가 우리 엄마 환자에게 계속 약을 투여하고, 이상이 생기니까 우리 엄마에게 덮어씌웠잖아."

"야! 무슨 소리를 하는 거야! 헛소리도 정도껏 해라, 정도껏!"

"이 사실, 네 인생에서 가장 중요할 때 밝히려 했는데, 네가 그렇게 재촉하니 어쩔 수 없네."

"너 어떻게!!"

그대로 문을 열고 나가려는 날 박관석이 빠르게 다가와 두 손으로 내 등을 밀쳤어. 난 그대로 넘어져 바닥에 두 손을 짚고 주저앉았어.

"거짓말도 정도껏 해!! 미쳤어?"

"이게 뭐 하는 짓이야! 난 너랑 더 말하고 싶지가 않아."

난 손을 짚고 일어나 밖으로 나가려고 문고리를 잡았어.

"잠깐!! 너 대체 어떻게 안 거야. 어떻게 알았냐고!"

그때 몸에서 치밀어 오르는 화를 참을 수가 없었어. 우리 가족을 이렇게 만든, 우리 엄마를 이렇게 만든, 우리 아빠를 이렇게 만든, 그리고 날 이렇게 만든! 그 모든 것을 용서할 수가 없었어. 그때 내 눈에 서랍장 위에 놓여있는 재떨이가 눈에 들어왔어. 화를 참을 수 없어서 서랍장 위에 있는 재떨이를 들었어.

"설마 그걸로 날 죽이게? 너 따위가 뭘 할 수 있는데!"

난 내 앞에서 나불대는 그 애의 머리통을 재떨이로 세게 후려쳤어.

"야! 뭐 하는 짓이야! 잠깐, 피?"

걔는 맞은 부위를 손으로 쥐고 있다가 손에 묻은 피를 보고 소스라치게 놀랐어.

"말해. 어떻게 알게 됐는지!"

"너 진짜!!"

걔가 다시 일어나려 하자 난 재떨이를 들고 있는 손을 위로 들었어. 그러니까 다시 주저앉더라.

"빨리 말해!"

난 알고 싶었어. 어떻게 그 녀석이 그 사실을 어떻게 알았는지.

"알았어, 알았어!! 말하면 되잖아! 언젠지는 기억이 잘 안 나지만 아무튼 그날 병원에 지갑을 놓고 왔었어. 그래서 지갑을 챙기러 갔다가 간호사들이 나누는 대화를 들었어."

"그 의사 너무 불쌍하지 않아?"

"누구?"

"해고당한 그 의사."

"야 근데 그거 말해도 되는 거야?"

"뭐 어때 어차피 그 원장도 없는데."

"뒷돈 받고 몰래 넣은 사람은 떵떵거리며 살고 있는데 거기에 놀아난 사람은 지금 거지꼴이라니…. 그거 알아? 그 사람 남편도 유가족에게 폭행당해서 여기 있다가 다른 데 간 거."

"근데 약물 몇 방울 넣었다고 사람이 죽을 수 있어?"

"정부에서 허가 절차도 안 거친데다가 그 사람 그 약물에 아나필락시스 쇼크 반응을 보였대."

"아나필락시스 쇼크면 특정 항원에 거부반응을 보이는 그거?"

"그래 맞아, 처음에는 잔잔했다가 갑자기 훅 갔다니깐 원장이란 놈은 돈 때문에 계속 주입하고."

"완전 놀아나는 개꼴이네"

난 아무것도 몰라! 그 간호사들이 말한 거라고! 그리고 난 다른 애들이 시켜서 한 거야! 말해줄게, 게네 이름!"

난 속에서 분노가 끓어 속이 썩어가는 게 느껴졌어. 걔는 다 알고도 나한테 이렇게 한 거야. 걔는 나를 그저 가십거리로 소비한 거였어. 난 그저 게네 놀잇감이었던 거야. 걔네 가족들은 우리 엄마 아빠를 정신적으로 육체적으로 망쳐버리고 나까지 그렇게!

하윤이 두 손으로 머리를 짚으며 땅에 주저앉았다. 모두가 하윤이를 바라보고 있었다. 하윤을 바라보니 나까지 고통스러운 것이 느껴지는 듯했다. 선희의 눈빛도 평소와 달랐다. 마치 동정하는 눈빛같이.

주저앉아 있던 하윤이 손으로 얼굴을 가리며 오열했다. 얼굴을 가린 두 손 사이에서 눈물이 흘러나와 땅을 적셨다. 몇 시간 뒤 경찰이 왔고 하윤은 자신의 범죄를 자백했다. 하윤은 경찰에게 연행되어 갔다. 더이상 이곳에서 사람이 죽지는 않을 것이다. 다시는.

***

"성일아, 옥상에서 땡땡이치지 마. 어차피 걸려."

"어차피 걸릴 거 조금이라도 빠지면 안 돼?"

"진짜 널 어떡하면 좋니."

닫혀 있던 옥상 문이 '끼익' 하며 열리는 소리가 나 고개를 돌려 뒤를 보니 예상치 못하게 선생님이 서 계셨다.

"성일아, 여기 있었구나."

"앗, 네 근데 제가 여기 있는 건 어떻게 아셨어요?"

"성일이 넌 항상 땡땡이칠 때 옥상에 있더라. 그건 그렇고 팔은 괜찮아졌니?"

"네 거의 다 나았어요. 근데 여기 왜 오셨어요?"

"그게 말이지, 어제 하윤이 면회 갔다 왔어."

"네? 하윤이는 잘 지내고 있겠죠?"

"그게 말이지."

선생님은 살짝 말을 흐리시고선 다시 말을 이으셨다.

***

선희는 하윤 쪽으로 몸을 기울이며 입을 열었다.

"하윤아, 잘 지내고 있어?"

"네, 그럭저럭 잘 지내고 있어요."

"거짓말이지? 얼굴 혈색도 안 좋고 전에 비해서 눈에 띄게 얼굴이 홀쭉해졌어. 무슨 일 있는 건 아니지?"

"아니요, 괜찮아요."

"하윤아, 선생님에겐 말해줘도 돼. 계속 참고 있으면 결국 속이 썩어버릴 거야."

하윤이는 잠시 동안 아무런 말 없이 가만히 있었다.

"돌아오고 나서 엄마를 처음 만났을 때 너무 모든 게 원망스럽고 엄마에게 어떤 말도 할 수 없었어요."

"하윤아, 네가 그런 게 아니지? 네가 그랬을 리가 없잖아!"

"그런 엄마의 말을 듣고 아무것도 할 수 없었어요. 우리 엄마는 사람을 살리는 의사셨는데 전 사람을 죽인 살인자가 돼 버렸다는 생각에 자살 시도를 수차례 했었어요. 여기 팔꿈치 안쪽을 찔러 죽으려고도 했는데 대신 손가락 약지를 못 움직이게 됐죠."

"하윤아, 네가 결국 그럴수록 네가 가장 사랑하는 사람도 똑같은 길을 걷고 말 거야."

하윤이는 두 손바닥으로 자신의 비참해진 얼굴을 가렸다.

"알고 있는데, 알고 있는데도, 더이상 아무런 길이 보이지 않았어요. 그래서 그만. 죄송해요."

"항상 볼 때마다 밝은 얼굴을 하고 있던 너였는데."

선희는 말을 하고선 난간 바깥에 풍경을 쳐다봤다.

결국 죄는 또 다른 죄를 낳을 뿐이었다. 얼마 못 가 하윤이 머물던 병원이 뉴스에 나왔다.

김 기 혁

38년

38년

내 나이 56세. 그 일이 있고 꾸준히 버텼기에 이렇게 된 것 같다. 나는 나와 같은 사람이 다시는 나오지 않길 바라는 마음에 판사가 되었다. 항상 그랬듯 재판정에 선다. 피고인도 들어온다. 피식 웃음이 난다. 38년 전 그날의 기억이 떠올랐기 때문이다.

***

오늘은 고등학교 2학년 입학일이다. 아침 6시 반부터 일어나 아침밥을 먹고 씻고 준비를 한다. 어느새 7시 반이었다. 꽤 이른 시간이지만 신나는 마음이 가라앉지 않았다.

"다녀오겠습니다!"

나는 학교를 좋아한다. 물론 공부가 좋아서가 아니라 친구들과 나누는 잡담을 좋아한다.

"우현아!"

멈칫 뒤를 돌아보니 중학교 때부터 친하게 지낸 서희였다.

"좋은 아침!"

서희가 다가오며 밝은 미소로 반겨주었다.

"응, 좋은 아침!"

잡담을 나누며 걷다 보니 어느새 학교 정문이 보였다. 정문에는 학생들의 반 배정표가 붙어 있었다. 나는 4반이고 서희는 1반이었다.

"하교 시간에 보자!"

서희가 자기 반으로 향하며 말했다.

"응!"

반에 들어와 내 자리에 앉았다.

"쾅!"

갑자기 문이 벌컥 열리며 사복 차림에 머리카락이 노란 남학생이 들어왔다. 그냥 불량아라고 생각했지만 너무도 불량했다. 교실에서 라이터를 만지작대며 담배를 피우고 있는 학생이었기 때문이다. 반 애들은 그 남자애를 보고도 다 말없이 묵묵했으며 왠지 떨고 있는 것처럼 보였다. 그래도 안 될 짓은 안 될 짓이지 않나.

"담배 꺼주면 안 될까? 아니면 밖에서."

"타악!"

남자애는 다짜고짜 내 얼굴에 주먹을 때려 박았다.

"지랄하지 마라. 내가 산 건데 내가 못 피우면 무슨 소용이냐. 새끼가 뒈지려고."

다른 학생들은 눈을 피하며 모른 척했다. 나는 입에 묻은 피를 닦고 일어나 내 자리에 앉았다. 남자애의 비웃음이 들렸다.

"병신 새끼. 큭큭"

나는 너무 민망해서 할 말을 잃었다. 그저 입에서 피가 나오는 것만 느껴졌다. 생각했다. 누가 잘못한 걸까? 불량한 학생에게 먼저 말을 걸어 시비를 건 내가? 주먹질을 한 불량 학생은? 머리가 멍해지며 아무 생각도 아무 감정도 느끼지 못했다. 수업 종이 울렸지만 수업 내용은 하나도 귀에 들어오지 않았다. 그저 쓰라린 내 볼을 만질 뿐이었다. 수업이 끝나고 집에 가려는데 문 앞에 앉아있는 그 불량아 때문에 공포심이 가득 찼다. 나는 반대쪽 문으로 나가 복도를 조용히 걸었다.

"어이, 우현!"

친구 한 명이 내 어깨를 잡고 달려들었다. 순간 그 불량 학생인 줄 알고 나는 도망갔다. 그렇게 공포는 꼬리의 꼬리를 물고 따라와 자리를 잡아버렸다. 집까지 뛰어갔으며 집에 도착하면 방에 틀어박혔다. 왠지 모를 분노와 슬픔이 솟구쳤고 집에 아무도 없으니 목이 터져라, 소리를 질렀다. 1시간 동안 그렇게 하니 내일은 어떡하나 계속 걱정되었다.

또리릭.

저녁 10시 30분쯤 아빠와 엄마가 일을 마치고 돌아왔다. 내 방문을 열려 하자 나는 문을 쾅 닫았다. 부모님은 평소와 다른 내 모습에 무슨 일이냐고 물었지만 나는 대답하지 않았다. 그 누구도 오늘의 나를 알지 않았으면 했다.

아무도 깨지 않은 새벽 5시에 몰래 준비를 하고 집을 나갔다. 편의점에서 간단히 허기를 채우고 학교에 가기가 왠지 두려워 등교 시간 5분을 남기고 겨우 교실에 들어갔다. 그런데 오늘은 그 불량 학생이 학교를 오지 않은 것 같았다. 그래도 나는 어쩌다가 마주치면 어떡하지 하는 생각에 불안해서 손톱을 뜯었다. 수업이 끝나도 손톱은 계속 내 치아에 물려 있었으며 자리에서 꼼짝할 수 없었다. 서희가 와도 가만히 인사만 하고 최대한 불안함을 감추려 애써 웃었다.

하지만 서희는 내 손을 보자 걱정스러운 표정으로 "무슨 일 있어?" 하고 물었다.

"아니."

나는 짧게 대답했다. 서희는 내가 한번 아니라고 하면 계속 아니라고 대답하는 걸 알기에 더 파고들지 않았다. 서희가 가고 난 뒤 다시 손톱을 물어뜯었다. 손에서 피가 났지만 멈출 수가 없었다. 그 순간 다른 학생이 내 손을 잡고 억지로 막았다.

"진정해! 그러다 손톱 다 없어지겠어!"

짜증과 걱정 섞인 말투였다. 그 친구는 내가 그만둘 때까지 내 손을 꽉 잡고 있었다. 내가 겨우 진정한 후에도 내 손을 놓지 않았다.

"혹시 무슨 걱정 있어?"

나는 대답을 하지 않았고 그 애는 계속 물어보았다.

"네가 말하지 않으면 아무도 널 도와줄 수 없어."

난 아무 도움도 바라지 않았다. 오히려 폐를 끼칠까 봐 그 누구도 가까이하고 싶지 않았다. 그 애는 나와 친구가 되고 싶었는지 인사를 했다.

"아 참, 인사가 늦었네. 내 이름은 이은하야. 너는 이름이 뭐니?"

나는 그 학생과 전혀 친해지고 싶지 않았다. 그래도 계속 물어보는 통에 이름만 알려줬다.

"김우현."

"우현이구나! 만나서 반가워."

은하는 왠지 기뻐했다.

왠지 불안한 느낌이 있었는데 적중했다. 학교가 끝나고 근처 골목에서 불량 학생과 다른 학생들을 마주쳤다.

"형씨 어디가?"

"저 새끼가 담배 그만 피우라던 애?"

"응, 돈이나 뜯고 가자고."

불량 학생의 이름표를 보아하니 이정우라고 적혀 있었다. 정우는 어쩔 줄 모르는 나에게 불을 끄지도 않은 담배로 내 볼을 꾹 눌렀다.

"으윽!"

이정우는 실실 웃더니 담배를 버리고 내 따귀를 때렸다. 민망함과 고통에 둘러싸여 눈물이 날 것 같았다. 맞고 있던 나는 공포심에 이 골목으로 온 거부터가 죄라고 생각했다.

"형씨, 돈 있어?"

이미 이정우는 내 가방을 뒤지고 있었다. 더 맞기 싫어서 결국 자포자기를 해버렸다.

"가방 뒷주머니… 10만 원 있어."

이정우는 고맙다며 카드는 건들지 않을 테니 고맙게 생각하라고 했다. 나는 '고마워'라고 대답하며 가방을 가지고 도망가듯 했다. 그렇게 다음날은 5만 원, 그다음 날에는 10만 원…. 계속해서 뜯기고 폭력을 당한 지 어느새 반년이 지났다.

쿵!

나는 집에 들어오면 방문을 잠그고 창문도 닫고 상처를 가리려고 긴소매만 입었다. 그리고 침대에 쪼그려 울었다. 집 비밀번호까지 알게 된 이정우가 찾아올까 봐 겁이 났는데 매번 그 두려움은 현실이 되었다. 오늘도 이정우는 내 방문을 벌컥 열고 쳐들어왔다.

"김우현, 그게 돈이 필요해서 말이지. 카드 좀 주겠어?"

카드가 없어진다면 부모님이 알게 될 것이고 학교폭력위원회가 열리고, 또 그 이유로 이정우는 날 죽일 것이다.

"카드만큼은 안 돼."

이정우는 인상을 찌푸리더니 나를 발로 찼다.

"뭐 이 새끼야? 잘못 들었는데?"

"안 돼."

이정우는 날 구석으로 밀어붙이고 나를 차기에 바빴다.

"윽, 으윽! 큭!"

결국 나는 쓰러졌다. 이정우는 화를 풀기 위해 쓰러진 나를 더 때리고 지갑에서 카드를 챙겨 사라졌다. 나는 힘겹게 기어가 방문을 닫고 방바닥에 쭈그렸다. 1시간 뒤 다시 쿵쿵쿵 소리가 들리며 목소리가 들렸다.

"우현아! 나야, 서희!"

무슨 일인지 서희가 갑자기 문을 두드렸다. 어째서 두드리는 걸까? 내가 학교폭력을 당했다는 걸 알아챘나? 아니면 전할 소식이 있어서? 느낌으로는 내가 학교폭력 당했다는 걸 알아차린 것 같았다. "또리릭" 소리가 들리며 들어온 서희. 어떻게 들어온 건지 몰랐다. 방문을 빠르게 잠그고 나를 이불로 감쌌다. 서희는 내 방문까지 두드리며 나를 찾았다. 결국 문을 따고 들어오는 소리가 들렸다.

"우현아."

서희가 이불을 걷자 난 문 끝에 웅크렸다.

"오, 오지 마!!"

서희가 놀라며 다가왔다.

"다 무서워. 다 싫어. 싫다고!"

서희는 말없이 내 앞에 앉아 상냥하면서도 걱정하는 표정을 지었다.

"우현아, 어떻게 된 건지 말해줄래? 말하지 않으면 도움을 줄 수 없어."

"보면 알 거 아니야!"

내 몸에는 엄청난 상처와 피가 있었고 방에도 곳곳 핏자국이 있었다.

"알고 있어도 묻는 거야, 너랑 말하기 위해서,"

떨고 있는 내 손과 내 마음을 잡고 싶어 하는 서희는 내가 말을 무시해도 이해할게, 그러니 모두 얘기해줄래, 도와주고 싶어, 라고 말했다. 그 바람에 나는 서러움이 폭발하듯 얘기를 꺼냈다.

"때리고 돈 빼앗고… 협박하고."

그동안 당했던 일들을 전부 털어놓으며 서희와 대화를 나눴다.

"주변인이 같이 피해를 보는 게 싫어서 그래서 전부 비밀로 하고. 그래서 서러워서…."

서희는 내 얘기가 끝나고 말했다.

"미안해, 우현아."

무엇이 미안한 건지는 말하지 않았지만 이제야 알아서 미안하다는 것으로 느껴졌다. 서희는 나를 아무 말 없이 안아주고 토닥거렸다. 잠시 후 서희는 나를 바라보며 말했다.

"그동안 참느라 수고했어. 우리 이겨내자."

나는 서희에게 그동안 숨겨왔던 감정을 터트리며 서러워, 아파, 도와줘, 같은 말을 반복했다. 서희가 간 뒤에도 한 시간 동안이나 울었다. 그러고 있을 때 메시지가 왔다.

"우현아, 학교폭력위원회는 열지 말고 그 애들을 그냥 무시해. 나는 너희를 무시하는 새끼다, 라고 다짐하며 아파하는 것도 참아. 그 애들은 언젠가는 벌을 받는다고 굳게 믿으며 참고 또 참아서 같이 이겨내자."

서희의 위로 덕분에 흘린 눈물로 아픔과 서러움을 전부 뱉은 듯 기운이 생겼다. 굳은 다짐을 했고 아무리 때리고 맞아도 제자리를 지키고 굳게 서 있겠다고 다짐했다. 그렇게 맞은 상처들을 치료하고 내일을 기다렸다. 그렇게 다음날이 오고 다시 이정우랑 만났다.

"카드 돌려줘."

"하? 이 새끼. 하루 안 본 사이에 존나 바뀌었다? 뒤지고 싶냐?"

"뒤질 각오로 말한 거다, 이 새끼야!"

이정우가 주먹을 날리며 다가왔다. 나는 조금씩 피하며 복도에 미리 설치해둔 내 폰 카메라 쪽으로 이정우를 유인한다. 반에는 이정우랑 나밖에 없었으니 내가 먼저 시비를 털었다고 주장할 사람도 없었다. 여기서 내가 할 일은 아프게 맞는 역할이었다. 분노가 차오른 이정우는 카메라를 볼 겨를도 없었다.

"새끼가!"

날 계속 때리는 이정우. 그래, 더 때려라. 때리고 더 때려라. 얼마든지 받아주마! 이제 이정우의 살인 협박도 두렵지 않았다. 그렇게 10분간 맞은 뒤 충분히 증거를 확보했다는 생각에 웃음이 났다. 뭔 지랄이냐고 하니까 나는 폰을 빼앗기지 않으려 묵묵히 있었다. 이정우는 개발소발 하며 화를 냈고 나는 더 엿을 먹이기 위해 무릎을 꿇고 손으로 애원하듯 말했다.

"미안해! 내가 내일이라도 꼭 가져올 테니까. 제발!"

이정우는 다시 날 때렸고 학교 끝나고 보자며 그 자리에서 떠났다. 카메라를 끄고 나는 보건실까지 기어가며 최대한 이정우를 엿먹이기 위해 입술을 꽉 깨물어 피가 나오게 한 뒤에 바닥에 피를 칠하며 갔다. 보건실에 도착하고 신음을 내자 보건 선생님이 놀랐다.

"우현아!"

나는 거짓말로 계단에서 굴렀다고 말한 뒤 조퇴가 가능하냐고 물었다. 보건 선생님은 119와 담임 선생님을 불러 나를 구급차에 태우고 병원으로 갔다. 전부 내 계획대로 되었다. 병실에는 CCTV가 있어 나를 함부로 때릴 수도 없었다. 진단을 받고 나는 오후쯤 병실에서 쉬며 찍어놨던 영상의 제목을 '죽고 싶습니다.'라고 올리고 유O브, 페이O북, 인스O그램, 트O터 등 많은 SNS에 올려 사람들에게 알렸다. 왠지 복수를 시작하는 것만으로도 웃음이 나왔고 몇 시간 뒤 서희가 병문안을 왔다.

"우현아!"

나는 서희를 보자 아프기보다 반가웠고 고맙다는 말밖에 안 나왔다.

"고맙다니?"

"죽을 뻔한 나를 살린 구원자님! 실시간 검색을 찾아보시죠."

SNS에 올린 게시물은 사람들이 재공유를 하면서 단 3시간 만에 엄청난 조회 수가 나왔고 실시간 검색어로는 이정우, 김우현, 인양고등학교, 학교폭력이 올랐다.

"이게 뭐야?"

서희가 깜짝 놀랐다. 나는 학교폭력위원회보단 모든 사람에게서 욕먹는 게 더 나을 것 같아 이런 방법으로 해봤다고 했다. 서희는 좋은 생각이라며 내 손을 꼭 잡았다. 그다음 날부터 이정우는 안 오던 학교를 더 안 오기 시작했고, 결국엔 사건이 터지자 이정우 부모님과 학교 측과 상담해 이정우를 강제 퇴학시켰다고 들었다. 나는 고등학교를 잘 졸업하고 부모님도 수고했다며 나를 안아주었다.

***

그 일이 있고 5년이 지나 나는 군대를 다녀왔다. 서희에게 고백을 해 사귀었고 나와 친구가 되고 싶었던 은하와도 친해져 가끔씩 같이 놀았다. 그리고 몇 년 후 나는 서희에게 청혼을 했고 서희는 그 청혼을 받아줬다. 우리는 행복하게 지냈으며 나는 나와 같은 사람이 더 나오지 않게 판사의 꿈을 꾸었다. 그렇게 세월이 흘러 38년. 나는 56세의 판사가 되었다. 오늘은 늘 있던 재판을 하게 되었다. 아침 일찍이 준비하고 출근한다.

"다녀와."

"다녀오세요."

내 딸과 아내가 나에게 이런 말을 해줄 때 내가 그때 잘 참았다는 생각이 든다.

재판정에 착석한 순간 문이 열리며 피고인이 왔고 그 얼굴이 낯이 익었다. 나는 피식하고 입꼬리가 올라갔다. 죄목을 보자 무수히 많은 죄가 있었다. 살인, 마약, 총기 소지 등 결론은 예상했다시피 피고인에게 유죄선고를 하고 망치를 3번 두드렸다. 피고인은 경찰의 손에 넘어가 교도소로 끌려갔고 나는 통쾌함을 느꼈다. 그날 밤 내 목으로 넘어가는 술은 그저 음료수처럼 달게만 느껴졌다.

김 동 주

어떤 살인

어떤 살인

핸드폰이 계속해서 울렸다. 처음에는 무시했지만 점점 강도가 높아져 고통스럽고 무서웠다. 눈을 찢는 사진과 개고기, 원숭이 같은 단어가 계속 눈에 밟히고 심한 욕도 보였다. 핸드폰을 들고 있는 손이 바르르 떨렸다. 마치 바로 앞에서 그 말을 듣는 느낌이었다. 너무 무서웠고 마치 바로 앞에서 나를 괴롭히는 것 같았다. 정말 죽을 것 같았다. 날 여기로 데려온 아빠와 그 회사가 미웠고, 나에게 이런 상황을 만들어준 코로나를 증오했다.

내가 여기 오게 된 이유는 앞서 말했듯이 아버지 회사의 일 때문이다. 아버지와 떨어져 살 수도 있었지만 그 당시에는 모든 가족이 찬성해 다 같이 해외로 오게 되었다. 해외로 이사 오고 약 한 달 후 코로나가 터졌고 그러면서 학교생활이 힘들어졌다. 코로나와 전학 시기가 거의 겹치면서 친구들은 나를 코로나가 발생한 곳에서 왔다고 따돌렸다. 얼마 전까지 나에게 친절하게 대했던 아이마저 그러자 조금은 충격적이었다. 코로나로 인해 모두가 힘든 건 알지만 나에게 원인이 있는 것도 아니었다. 직접적으로 괴롭히는 아이는 없어서 얌전히 지내다 돌아갈 생각으로 잠자코 있었다. 그냥 친구가 없던 것뿐이었다. 흔히 말하는 왕따였다. 하지만 왕따여도 누구에게나 친구가 한 명은 있다. 안토니오는 내가 어디에서 왔건 친구들이 나를 따돌려도 상관없이 나를 늘 챙겨주었다. 난 공부를 잘하는 편이라 선생님도 좋아했다. 대화도 어렵지 않았고 선생님은 나를 학교에서 유일하게 보호해준 존재였다.

그렇게 좋지는 않지만 그렇다고 최악은 아닌 매일이 계속 지나던 어느 날, 나의 전학 생활에 가장 큰 시련이 찾아왔다. 헥토어의 엄마가 코로나로 죽은 것이다. 헥토어는 엄마에 대한 슬픔을 나에게로 돌렸고 나의 끔찍한 학교생활을 만들기 위해 뭐든지 제일 먼저 나서는 선봉장이었다. 마치 내가 코로나를 엄마에게 감염시킨 사람인 것처럼 대하고 살인자처럼 대했다. 처음에는 평소처럼 그냥 지나가는 일이겠거니 하고 가볍게 받아들였지만 나중에 헥토어와 이야기 해보니 뭔가 잘못 됐다는 걸 깨달았다.

"코로나로 너희 엄마가 죽은 건 미안하게 생각해. 하지만 그게 내 잘못은 아니야."

"어쩌라고 이 원숭아. 이 더러운 인종아, 꺼져."

나 때문이 아니란 걸 알고 있었지만 미안한 마음이 들었다. 어느새 나조차도 나를 코로나의 주범으로 생각하고 있는 것 같았다.

이해할 수가 없었다. 코로나가 발생한 이웃 나라에서 왔다는 이유 하나만으로 이렇게 차별을 받고 학교폭력을 당해도 아무것도 할 수 없는 걸까?

생각보다 많은 사람이 아무것도 아닌 듯이 차별적인 말을 쓰고 눈을 찢는 이모티콘을 쓰는 등 현지에 와 보니 생각보다 차별이 훨씬 심했다. 최근에는 동양인 축구선수들이 인종차별을 받아 SNS 보이콧에 몇몇 선수들과 구단들이 참여했지만 여전히 다양한 방법으로 인종차별과 욕설을 멈추지 않고 있었다. 특히 코로나 19로 인해 최근 그 수가 훨씬 많아진 걸 알 수 있었다. 또 우리 반 애처럼 코로나에 대해 잘 모르고 그냥 가족을 잃은 슬픔에 사람들이 동양인을 증오하고 차별하니까 똑같이 동양인을 차별했다. 처음부터 코로나로 인한 엄마의 죽음이 누구 탓으로 돌릴 일이 아니었다. 거의 모든 사람이 코로나로 인해 불편하거나 피해를 보면서 살아가고 있고 많을 때는 수만 명의 확진자 수백 명의 사상자가 나오기도 했고 운이 나쁘게도 그중 한 사람이었던 것이었다.

"서양인들이 원래 동양인을 이렇게 차별해?"

답답한 마음에 안토니오에게 전화를 걸었다.

"아니 원래 몇몇 사람은 그렇지만 절대 이런 수준은 아니었어. 안타까운 이야기지만 그 사람들은 흑인, 동양인 모두 서양인보다 지능이 낮은 존재라고 생각하고 차별해. 모두 같은 사람인데도."

"최근에 많이 생기게 된 건 코로나 때문이고?"

"어, 아마 헥토어처럼 코로나로 가족을 잃었거나 피해를 본 여러 사람이 분노와 슬픔을 동양인들한테 돌리는 것 같아."

원래 인종차별 하는 사람은 어디에나 있다. 최근 그 수가 기하급수적으로 늘어난 까닭은 코로나인데…. 이 사태를 어떻게 바꿀 수 없을까.

인터넷을 뒤졌더니 서로의 문화를 공유하고 이해해야 한다는 내용이 다수였다. 그리고 코로나로 인한 스트레스나 사회적 불안을 해소하기 위해 백신을 개발하고 있다고 했다. 하지만 현실적으로 내가 할 수 있는 일이 아니고 문화교류는 코로나로 인해 불가능하다. 지금 당장 내가 할 수 있는 일을 찾아야 했다. 문화교류가 어떤 영향을 주는지 곰곰이 생각해봤다. 인종차별은 근본적으로 해결하기 위해서는 상대에 대한 인식을 고쳐야 한다고 생각했다. 내가 할 수 있는 것은 학교 캠페인이었다. 선생님께 전화를 드렸다.

"선생님, 요즘 아이들이 저를 인종차별하고 따돌려서 너무 힘들어서 캠페인을 하나 진행하려 하는데 도와주실 수 있나요?"

"물론이지. 애들이 널 많이 괴롭히니? 혹시 헥토어가 그러니? 그때 일이 있고 나서?"

"네."

"나도 짐작은 하고 있었는데 단체로 너를 따돌리는 줄은 몰랐어."

"그럼 캠페인은 언제 진행할까요?"

"사태가 심각하니까 하루빨리 진행하자. 다음 주 수요일 어때?"

"네, 그때까지 준비해 갈게요."

월요일. 노력이 열매를 맺을 날이 이틀 남았다. 오늘도 헥토어를 비롯한 아이들이 모여 나를 괴롭혔다. 계속해서 무시해보려 했지만 이제 너무 무서웠다. 이틀 뒤에 캠페인이 나를 오히려 더 궁지로 몰고 가는 게 아닌지 걱정이 됐다. 허접한 캠페인으로 저 아이들의 깊은 증오와 인식을 바꿀 수 있을까? 하지만 지금보다 더 상황이 나빠질 수 없다는 생각이 들고 잃을 게 없다고 느껴져서 결국 진행하기로 했다.

결전의 날 나는 나를 괴롭히는 아이들 앞에 섰다. 그 순간 아이들이 나를 깔보는 게 느껴졌다. 아이들이 너무 거대해 보였다. 너무 무서워 포스터를 들고 있는 손이 바들바들 떨리는 것이 느껴졌다. 여태까지 당한 인종차별과 학교폭력을 바꿀 유일한 기회라는 생각이 번쩍 들어 간신히 시작할 수 있었다.

"인종차별은 여러 이유에서 발생합니다. 하지만 가장 큰 원인은 상대가 자신과 다르기 때문에 일어난다고 합니다. 상대가 나와 다르다고 차별하고 따돌리는 것은 옳지 않습니다."

대략 내용은 이랬다. 몇몇은 웅성대며 호의적인 반응을 보인 방면 대다수는 표정에 '어쩌라는 거야?'라는 말이 쓰여 있는 것 같았다. 그렇다. 캠페인은 실패로 돌아갔다. 내가 할 수 있는 것은 아무것도 없다는 걸 깨달았다. 오늘도 내일도 코로나가 끝나고 한국으로 돌아가는 날까지 이 아이들에게 괴롭힘을 당할 거라는 생각에 너무 억울해서 눈에 눈물이 고였다. 그렇게 우울하게 집으로 돌아왔을 때 아무도 없었다.

불길한 예감이 들어 급히 아빠에게 전화해보니 엄마가 코로나에 걸렸다고 했다. 그 한마디에 하늘이 무너지는 것 같았다. 믿을 수 없어 떨리는 목소리로 다시 물었지만 현실은 바뀌지 않았다. 그때부터 온갖 상상을 했다. 헥토어의 엄마처럼 우리 엄마도 돌아가시는 건가? 나는 어떻게 되는 거지? 불안감에 쏟아져 나오는 모든 부정적인 생각의 결론은 믿을 수 없게도 정말 나 때문에 코로나가 우리 가족을 덮친 게 아닌가? 하는 말도 안 되는 생각에 도달했다. 계속해서 "네가 코로나의 주범이야!", "너 때문에 우리 가족이 코로나에 걸렸어." 같은 이야기를 듣다 보니 나도 나를 코로나의 주범으로 생각하게 됐다.

부정적인 생각이 나를 삼키고 있을 때 아빠에게서 전화가 왔다.

"민우야, 우리도 코로나 검사받아야 돼."

듣던 바로는 검사하는 것도 상당히 고통스럽다고 들었는데 생각보다 아프진 않았다. 결과가 어떻든 우리는 자가격리에 들어갔다. 엄마만 발열과 미각, 후각 상실 등 코로나 증상이 있었다. 온종일 아빠와 결과를 기다렸다.

다행히 결과는 음성이었다. 하지만 확진자와 접촉했기 때문에 집에만 있었다. 엄마의 증상은 심한 정도는 아닌 것 같았다. 사망률도 약 3%니 우리 엄마도 금방 완치되고 정상적인 삶으로 돌아갈 거라고 생각했다. 우리는 엄마와 매일 전화하며 엄마에게 힘이 돼주려고 했다. 아빠는 의사분들과 매일 심각한 표정으로 전화를 했다. 나와 아빠 그리고 의사분들의 노력은 효과가 있는 것 같았다. 우리는 엄마와 전화를 할 때 엄마가 이제 별로 아프지 않다고 했을 때 뛸 듯이 좋아했다. 조금만 더 있으면 엄마가 돌아올 수 있을 것 같았다.

그런데 갑자기 병원에서 전화가 왔다. 아빠가 씻고 있어서 대신 받았다. 정말 아무 말도 나오지 않았다. 엄마가 돌아가셨다는 것이다. 아빠도 정말 당황스러워했고 병원에 따졌다. 어떻게 환자 상태를 숨길 수 있냐며 말이다. 가만 보니 엄마가 건강이 급격하게 안 좋아진 걸 숨기기 위해 의사 선생님께 부탁한 것 같았다. 정말 절망스러웠다. 이 세상이, 코로나가 미웠다. 코로나 때문에 우리는 더이상 엄마를 볼 수 없다. 코로나 확진으로 인한 사망은 바로 화장을 하기 때문이다.

수많은 사람 중 왜 하필 우리였을까? 정말 원망스럽다. 기분이 우울하고 밖에 나가기가 싫다. 내가 학교에 안 나가는 게 코로나 때문이라는 게 퍼졌나 보다. 핸드폰이 쉴 새 없이 울렸고 인종차별적인 단어와 욕설 등이 날아왔다. 헥토어가 뱉은 '살인자'라는 단어가 내 몸을 파고들었다.

헥토어는 우리 엄마가 죽었다는 걸 모른다. 아무도 모른다. 내가 이렇게 고통스러운지를…. 정말 죽을 것 같은 고통이었다. 차라리 죽고 싶다는 생각이 문득 들었다. 이 세상에서 내가 할 수 있는 건 없었다. 살인자로 학교에서 낙인찍혀 왕따와 인종차별을 당한 것은 물론 코로나로 엄마가 죽은 것도 내가 더러운 인종이기 때문이라는 생각에 견디기 힘들었다. 한참을 고민한 후에 헥토어에게 연락을 했다. 집을 나갈 때 비가 추적추적 내리고 있었다. 집에서 출발할 때 손에는 무언가가 들려있었다. 여기에서 일어난 일들을 다 잊고 싶다. 그저 이 고통을 끝내고 싶은 생각뿐이다. 저기 헥토어가 보인다.

오 택 민

썩은 틀니

썩은 톱니

귀하의 뛰어난 자질과 역량에도 불구하고 한정된 채용인원으로 인하여 아쉽게도…….

"하아…. 시×."

독서실에서 공부하던 중 울린 핸드폰의 문자를 보자마자 속이 매스꺼웠다. 주변에서도 작은 한숨 소리가 조금씩 들려오는 걸 봐서는 나랑 비슷한 처지인 사람도 있는 것처럼 보였다. 난 그날의 일을 다시 떠올려봤다.

"자아… 19번, 20번, 21번, 22번, 23번 지원자분? 입장하시면 됩니다."

"우우…떨리는군."

몸에서 마치 썩은 냄새가 나는 것만 같았다.

'씻고 왔는데도 긴장돼서 그런지 몸에서 땀내가 나는 것 같네.'

물론 진짜로 그런 것이 아니라 단지 느낌뿐이었지만 긴장 때문인지 그런 느낌조차 진짜인 것처럼 생생했다.

"그래요. 이번 면접을 진행하게 된 조 부장입니다. 잘 부탁드립니다."

"넵!"

면접생들은 잔뜩 기합을 넣어 대답했다.

'적당한 긴장은 사람을 깨운다'는 글을 인터넷에서 본 적이 있다. 그 때문에 나는 생각보다 안정적으로 면접을 볼 수 있었다. 그 질문이 나오기 전까지는 말이다.

"저… 주인공씨? 여기 이력서를 보면 OOO대학교를 졸업하셨다고 나와 있는데 이게 어디 있는 대학교인가요?"

"아, 그게 말이죠."

결국 우려하던 질문이 나와 버렸다. 저 대학으로 말하자면 지방의 작은 대학이다. 고등학생 시절 꽤 좋은 성적을 유지하던 난 돈 문제로 어쩔 수 없이 수도권의 유명대학 대신 지방의 작은 대학교를 나올 수밖에 없었다. 그 후 대학 졸업 후 난 어쩔 수 없이 했던 그 선택을 뼈저리게 후회했다.

"쓰읍. 좀 아쉬운데."

면접장에서는 그 어떤 것보다도 졸업한 대학교를 우선으로 보는 경향이 종종 있다.

'이래서 후회를 한 거지. 내가….'

"아, 조금 지방 쪽에 있는 대학교를 나왔습니다. 하하."

풉!

순간 뒤에서 웃는 소리가 나왔다.

뒤를 돌아보자 같이 면접실에 들어왔던 사람 중 하나가 웃어버린 듯했다. 그는 금방 자기가 무슨 행동을 했는지 아는지 눈치를 보며 연신 죄송하다고 말을 하였다. 잠깐의 소란도 잠시 다시 면접은 이어졌지만 그 잠깐의 소란으로 모든 집중력이 깨진 나는 더욱 긴장하게 되었다.

"지잡대도 이 회사 면접을 본 거야?"

"뭐 지가 불굴의 영웅인 줄 아나? 지잡대면 어차피 안 뽑힐 텐데 자존심으로 와 본 건가?"

아냐, 이건 환청이야. 진짜로 들리는 게 아니라고!

"주인공 씨? 안색이 안 좋으신데 괜찮으신가요?"

"아, 네네. 괜찮습니다."

"지방대라… 우리 회사에 지방대 출신이 별로 없다는 걸, 좀 들어서 아시려나?"

"네, 그렇지만 전 대학 출신보단 자격증이나 성적 등을 봐야 한다고 생각합니다."

"알겠습니다. 그럼 마지막으로 각오라도 한마디 하시겠어요?"

"네, 제가 뽑힌다면 정말 열심히 일하겠습니다!"

잠시 후, 너무 긴장되었던 나머지 타들어 가는 목을 겨우 물로 축이고 있을 때였다. 복도 끝에서 숙덕거리는 소리가 들렸다. 면접관의 목소리였다.

"이번에는 생각보다 좋아 보이는 사람이 많더라."

"그러니까요. 좋은 대학 출신이 많더라고요."

"그치? 우리 동문도 있었다니까?"

"그런데 그 지잡대 나온 사람 뽑으실 거예요? 자격증이나 성적 같은 건 높던데 말이죠."

"뭐? 내가 미쳐서 지잡대 인원을 뽑겠어? 뭐든지 껍데기가 중요한 거야. 속 알맹이보단 것으로 보이는 껍데기가 더 많이 보이는 법이잖아? 그 사람 뽑을 바엔 나랑 같은 곳 나온 친구 뽑고 말지. 안 그래?"

"알맹이보단 껍데기… 그렇…."

순간 나도 모르게 밖으로 달려 나갔고 그들의 대화는 거기까지만 들을 수 있었다.

"내가 이러려고 26년 동안 공부만 했나."

그렇다. 내 나이 26살. 이름 주인공. 부모님이 이 세상의 주인공이 되란 의미로 지어주신 이름이지만 난 지금 이런 이름과는 반대되는 삶을 살고 있다. 열심히는 하지만 결과는 최악인 삶. 이런 내가 싫다. 오늘은 더이상 공부에 집중할 수 없을 것 같아 급히 가방을 챙겨 집으로 돌아갔다.

덜컥.

도어록 하나 없는 조그마한 원룸. 아니 보통의 원룸보다도 작은 책상 하나와 매트리스 하나가 들어서자 꽉 차버린 사실상 고시원과 다름없는 곳이다. 집에 들어서자마자 진이 다 빠져버린 나는 쓰러졌고 생각에 잠겼다.

"하아, 올해만 세 번째 탈락이잖아."

꼬르륵.

아침부터 일찍이 독서실로 나가서 끼니를 걸렀더니 이제 겨우 3시쯤 되었는데도 뱃속에서 밥을 달라고 요동쳤다.

"하아, 이놈의 배는 걸신이라도 들렸나."

하는 수 없이 자리에서 일어났다. 현관 옆쪽의 작은 냉장고와 선반을 열어보니 참치 캔 2개와 햇반, 컵라면 하나밖에 없었다.

"슬슬 먹을 것도 다 떨어져가네."

원래 다니던 알바로 슬슬 생활비 충당이 힘들어질 시기가 왔다는 사실에 애써 부정하던 사실이 다시 날 꿰뚫기 시작했다. 26살. 남들이 보기엔 꽃다운 나이라는 소리를 듣지만 취업 준비나 하며 허비하고 있단 사실이 너무나도 비참하게 느껴졌다. 아무리 열심히 공부해도 아무리 열심히 뛰어 봐도 내게 나아지는 것 따윈 없었다. 이런 우울한 생각에 빠진 것도 잠시 다시 한번 작은 나방은 뜨거운 불길을 향해 날아가기 시작했다. 내가 나방과 다른 것은 그 끝은 뜨거운 재가 되어 파멸한다는 사실을 어렴풋이 인지하고 있다는 점이다.

"1만 2천 원입니다."

"뭐? 인마! 외상 몰라? 외상 인마! 내가 말이야, 니 나이 때 땅에 투자를 해서 큰돈을 벌었어! 그런데 니네 세대는 뭐 이런 편의점에서 알바나 하고 말이야! 그런데 뭘 잘났다고 한숨이나 쉬고 앉아있어?!"

짜증이 솟구쳤다. 그렇게 잘났으면 왜 편의점에 와서 1만 2천 원 가지고 외상을 해달라는 건지 이해를 할 수 없었다. 아직 밤도 아닌데 벌써 술에 절어서 저렇게 취하고 다니는 걸 보고 난 저렇게 되지 않겠다는 생각을 다시금 할 수 있었다.

"인마, 말이 왜 없어? 내가 만만한가 봐? 니네 점장 불러와! 점장! 내 말이 말 같지 않아? 니네 부모님이 닐 그렇게 가르치디? 어른 공경 몰라?"

"저도 더이상은 못 참겠네요. 부모님 이야기가 왜 나옵니까? 경찰 부릅니다?"

"경찰? 불러봐! 내가 경찰 같은 거 무서워할 것 같아?"

할아버지가 내게 주먹질을 했고 곧 경찰이 찾아왔다.

"그니까 노인분 말씀으론 담배랑 술만 사고 조용히 나갈 생각이었는데 청년분이 먼저 시비를 거셨다 이거죠?"

"아유 그렇다니까요, 경찰 나으리 저는 조용히 가려 했는데 저 청년이 먼저 늙은이니 꼰대니 뭐라 그래서 그랬다니까요?"

할아버지가 하는 말을 가만히 듣고 있자니 어이가 없어졌다.

"아니, 할아버지 제가 언제 시비를 걸었습니까! 오히려 할아버지가 먼저 외상이니, 뭐니, 소리를 지르시고 절 때리지 않았습니까?"

"요요, 버르장머리 없는 놈을 보았나?! 어른이 말하는데!"

"자자 다들 진정하시고 CCTV 영상만 나오는 대로 해결되니까 기다려봅시다."

경찰은 그래도 민중의 지팡이란 말이 맞나 보다. 이런 상황에도 침착하게 문제를 해결하려 하는 걸 보니 마음이 풀렸다.

"선배님, CCTV가 고장 나 있었다는데요?"

순간 가슴이 철렁했다. 찰나의 순간 옆을 보니 할아버지의 표정에는 밝은 웃음기가 돌고 있었다. 순간 소름이 돋았다.

'그럼 우리 일은 어떻게 되는 거지?'

"저… 여러분들?"

마침 경찰이 우리를 보고 말하기 시작했다.

"이렇게 되신 거 서로 합이 보시고 조용히 지나가시는 건 어떠실까요?"

"네? 전 맞았다니까요? 여기 멍든 거 안보이세요?"

"청년, 경찰이 하자는데 그렇게 해야지 뭘 말이 많아? 경찰 나리도 바쁘실 텐데 말이야."

"아유 할아버지가 저희 사정을 잘 아시네요. 청년, 우리도 슬슬 가봐야 해요. 빨리 처리하시죠?"

"아…? 네… 네?"

순간 대답이 헛나와 버렸다.

"대답하셨으니 대충 합의 본 것으로 확인하겠습니다."

황당한 나의 눈과 경찰의 시선이 마주쳤지만 경찰은 내 눈을 피한 채 차를 타고 휙 가버렸다. 경찰차의 뒤꽁무니를 멍하니 바라보다 주위를 돌아보니 어느 사이에 할아버지조차 쓱 사라지고 없었다. 그리고 주변에는 행인들이 모여 있었다.

'아이… 점장님 오시면 뭐라고 해야 하나.'

"그래서 이 꼴이 났다고?"

점장이 나를 쳐다보며 말했다. 웃고 있었지만 저 웃음이 진짜로 웃는 것이 아니라는 걸 난 잘 알고 있었다.

"그렇지만 그 할아버지가 먼저 시비를 거셨다니까요?"

"시비든 뭐든 참았어야지. 안 그래도 그 문제로 한번 부르려고 했는데 잘됐네. 이제 안 나오셔도 될 것 같네."

갑작스레 나온 한마디에 나는 깜짝 놀라고 말았다.

"네? 아니 잠시만요. 갑자기요?"

"평소에도 컴플레인이 자주 들어왔었어. 나도 참다 참다 이러는 거야. 매출이 떨어진다니까?"

"하지만 전 이거 잘리면 한동안 알바 구하기 힘들어진다니까요?"

어떻게든 잘리기 싫어 점장에게 매달려 보았지만 소용이 없었다.

"그러니까 참지 그러셨어. 이만 가봐. 그래도 마지막이니 돈은 더 얹어 줄게."

"아… 네."

그렇게 터덜터덜 편의점을 나왔다.

덜컥.

집에 들어온 후 쓰러진 나는 아무 생각 없이 매트리스에 드러누워 오늘 있던 일들을 곱씹어 보았다. 면접 탈락 문자, 진상 손님, 알바…. 힘든 일투성인 하루를 보자 끔찍했다.

"힘든 일은 한꺼번에 밀려온다더니 세상이 이렇게 엿을 먹이네. 하하하."

그렇게 체념하던 중 눈에 들어온 책상 위 부모님의 사진. 그 사진을 보자 오히려 더 기분이 나빠졌다. 3년 전 한창 군대에 있을 시기였다.

그날 어린 학생들 3명이 거리에 주차되어 있던 차를 훔쳐 타고 난폭운전을 하다 곧 휴가 나올 나를 위해 장을 보던 부모님을 차로 친 사건. 그 사건의 가해자인 학생들이 했던 말을 기억한다. 살인을 했음에도 오히려 당당히 했던 말.

"어차피 우리 촉법소년이라서 처벌 안 받는데 빨리 끝내요. 놀러 가야 한다고요."

난 그 말을 듣고 판사나 검사 같은 높은 사람들이 이들을 처벌해줄 거라 믿었다. 그러나 믿음은 배신당했다.

야속하게도 그들은 처벌받지 않고 풀려났고 꼬맹이들은 실실 웃으며 사진이나 찍어대던 광경. 그것이 현실이었다. 내가 의지할 수 있던 부모님은 이제 현실에 존재하지 않는다는 사실에 난 무기력해질 수밖에 없었다.

흐윽… 윽… 흑… 흐으윽….

버틸 수 없었다. 버티고 싶지도 버틸 수도 없었다. 눈물이 앞을 가리고 떨어진 방울은 아무도 모르는 사이에 소멸하고 탄생하기를 반복했다. 알았다. 알고 있었다. 나란 사람은 날고 기어도 돈 많고 재능 많은 사람을 이길 수도, 옆에 나란히 설 수도 없었다. 난 그런 거 없이 행복하게 조용하게 살고 싶었지만 세상은 그런 나의 꿈마저, 삶까지 야속하게 짓밟았다.

난 주인공을 더욱 빛나게 만들 톱니, 사회가 돌아가기 위한 부속물 중 하나에 지나지 않을 것이다. 눈앞이 어두워지고 있다. 이미 밤인데도 더욱 어두워지며 아무것도 보이지 않았다. 죽고 싶었다. 아무것도 보고 싶지도 듣고 싶지도 않다. 들을 수 없는 나의 울음이 작은 방을 가득 채웠다. 고통스러웠다. 가슴이 찢어지는 듯했다. 더욱 고통스러운 건 이런 내가 고통을 원망하는 게 아니라 지쳐서, 힘들고 버티기 어려워 이런 충동적인 선택을 한다는 것이다.

긴 끈을 잡았다. 이 끈이 무엇인지는 중요치 않다. 이 끈은 나를 이번 연극의 장. 도착점으로 인도하리라. 도착점이 새로운 고통일지 낙원일지는 디뎌 봐야 알 것이다. 난 끝이 아니라 새로운 여정을 시작하는 것이다. 톱니로서의 삶이 아닌 "주인공" 그 자체.

시야가 점멸하기 전 어렸을 때 시집에서 읽은 시가 생각났다.

고통만큼 나와 오랜 시간을 보낸 것을 찾기 힘들구나. 이 고통이 무엇이었는지 드디어 알게 되었나니. 고통이여 나와 다시 여정을 떠나 보자꾸나. 그때는 너와 내가 새로운 모습으로 다시 만나리.

내게는 고통밖에 없습니다.

그것말고는 아무것도 바라지 않습니다.

고통은 내게 충실했고, 지금도 변함이 없습니다.

내 영혼이 심연의 바닥을 헤맬 때도,

고통은 늘 곁에 앉아 나를 지켜주었으니

어떻게 고통을 원망하겠습니까.

아 고통이여, 너는 결코 내게서 떠나지 않겠기에

나는 마침내 너를 존경하기에 이르렀다.

나는 이제 너를 알겠다.

너는 존재하는 것만으로도 아름답다는 것을.

너는 가난한 내 마음의 화롯가를 떠나지 않았던 사람을 닮았다.

나의 고통이여, 너는 더없이 사랑하는 여인보다 다정하다.

나는 알고 있나니 내가 죽음에 자리에 드는 날에도

너는 내 마음속으로 깊이 들어와

나와 함께 가지런히 누우리라.

〈프랑시스 잠〉 - 고통을 사랑하기 위한 기도

"시청자 여러분, 안녕하십니까? 이슈 뉴튜버 김종인입니다. 최근 다시 떠올라 이슈가 된 사건이 있죠? 네, 바로 3년 전에 일어났던 청소년 차량 절도 사건입니다. 그때 그 학생들은 2명의 피해자를 내고도 촉법소년이라서 풀려난 사건이죠. 최근 그게 피해자분의 아들이 자살하면서 다시 화제가 됐습니다.

그가 평소에 작성한 일기장의 내용도 생각보다 충격적이었는데요. 열악한 환경 속 인권 침해까지 의심되는 그의 삶이 일각에선 사람들의 마음을 울렸으며, 당시 그의 기록물을 보고 그 청소년들에게 마땅한 벌을 주어야 한다는 말부터 아예 촉법소년 제도를 폐지해야 한다고 주장하는 분들도 많은 추세죠. 오늘 제가 이것에 대해…."

스마트폰 속 유명 뉴튜버가 떠드는 게 보였다. 창밖을 바라보았다. 사람들이 한데 모여 팻말을 든 채 시위하는 광경은 언제 봐도 대단해 보였다.

삑.

"네? 부르셨습니까?"

"어, 그래 이 비서 지금 내방으로 올라와 줄 수 있겠나?"

곧 이 비서가 달려왔다.

"의원님 부르셨습니까?"

"그래, 이 비서 이번 거 어떻게 생각해?"

"이번 거라면 그… 촉법소년 말씀입니까?"

"그래, 그거 말이야."

역시 이 비서 내가 뭘 하든 척 알아듣는 걸 보니 비서 하나는 제대로 두었다는 생각이 들었다.

"그거라면 조용히 넘어가면 평소처럼 어느 순간 잠잠해지지 않을까요? 얼마 전에도 성범죄자가 출소한다고 하니까 사람들이 들끓어 놓고서 얼마 안 가 다시 무관심해진 사건처럼요."

"그렇지. 그런데 곧 대선 기간이라 나도 뭔가 해야 한단 말이야. 근데 사람들이 이럴 때 자기들이 원하는 거 들어주면 좋아들 하더라고? 대선인데 이런 거 하면 뽑힐 확률도 높아질 거 아니야?"

"좋은 생각이십니다. 알 만한 사람들에게 연락 넣어놓겠습니다."

"이 친구는 이렇게 빠릿빠릿하게 움직여서 좋다니까. 빨리 준비해달라고."

"넵. 그럼 이만."

그렇게 몇 달 뒤 '피해자를 위한' 그럴싸한 명목의 법이 만들어졌다. 그 법이 피해자를 위한 게 아니란 사실을 아는 건 몇몇에 불과했지만.

그리고 시간이 지나가고 세상은 그대로였다. 사람은 톱니이며 고장 난 톱니는 버려지고 대체되는 세상. 위선과 욕심으로 가득 찬 세상. 그 세상 속 저항했던 남자는 잊히고 세계는 다시 돌아간다. 바뀐 게 있다면 그 남자가 없다는 것. 하지만 그로 인해 변한 것은 없다.

이 재 희

작은 사회

작은 사회

작은 사회. 우리 지역 사람들은 학교를 사회에 나가기 전에 들어가는 '작은 사회'라고 말해. "학교가 왜 작은 사회예요?"라고 물으면 "학교는 어려서부터 다른 친구들과 공동체성을 키우는 곳이기 때문에."라고 말하지. 하지만 나는 그런 작은 사회도 잘못되었다고 항상 생각해. 왜냐고? 왕따, 폭력, 패드립 등 이런 것들을 계속 당하는데 누가 문제가 없다고 생각할까? 어쨌든 나의 과거는 참 재밌어. 왜냐고 묻는 사람들이 있는데 그 대답으로 지금부터 그 시절의 이야기를 들려줄게. 사회를 부정하던 남자의 최후까지 말이야.

고등학교 시절 1학년 입학 날.

"앗싸! 작사고에 입학했다!"

작사고. 작사고는 우리 지역에서 나름대로 명문고 대접을 받고 있었다. 나는 내심 중학교 때 시험들을 망쳐서 작사고에 못 들어오는 줄 알았는데 다행히도 붙어 신이 났다. 작사고는 '작은 사회 고등학교'의 줄임말인데 우리 지역 사람들은 작은 사회라고 불렀다. 근데 이 학교 이사장은 우리 지역 사람들이 말하는 작은 사회라는 단어가 맘에 들었는지 그걸 줄여서 '작사'라는 이름으로 고등학교를 세우셨다.

"야! 이재희 뭘 그렇게 좋아서 소리치냐? 어차피 고등학생이 되어도 내신 망칠 것 같은데 뭘 그리 좋아서 실실거리는지……."

지금 내 이름을 부르면서 내 기분을 망치는 사람은 초등학교 때부터 같이 지내온 김성민이다. 초등학교 1학년 때 만나서 성격이 비슷해 친해졌는데, 중학교 3학년 때부터 뭔 바람이 불었는지 치장만 많이 하고 다닌다.

"아이… 아침부터 사람 기분 풀 죽게 만드네…. 야, 그나저나 어제 내가 공유한 마미손 노래 동영상 봤냐?"

"아 그거? 유튜브 댓글 보니까 평이 지리던데? 나는 동영상보다 댓글 더 봤다?"

"음… 난 노래 들으라고 보내준 건데…. 그나저나 우리 몇 반이더라?"

"그새 잊었어? 너랑 나랑 같은 반 아니잖아. 네가 기억을 해야지…"

"아…. 너랑 나 반 떨어졌었지. 참."

나는 항상 김성민과 같은 반이 되어서 다음 학년으로 올라갈 때마다 반을 물었었다. 근데 이번에는 떨어지게 되어 참 난감했다. 그렇게 이야기하다 나는 뒤늦게 3동 끝에 위치한 4반이라는 것을 생각해 내고 뒤늦게 찾아갔지만 지각을 해서 첫날부터 선생님에게 낙인이 찍혀버렸다.

하루는 졸린 상태로 학교에 왔다. 1학기 중간고사를 치른 다음 날이었다. 시험은 그럭저럭 잘…은 개뿔 시험을 제대로 망쳤다. 무려 평균 40점. 이걸 엄마나 형이 알게 되면 나는 게임이고 뭐고 다 못하게 압수당할 것이다. 그래서 나는 온종일 수업에 집중도 못하고 멍한 상태로 수업을 듣다 하교를 했다. 같은 반에서 친하게 된 김태영이라는 친구와 같이 학교 근처 사람들이 안 다니는 길가로 걸어가던 도중이었다.

"윽… 미… 미안해… 잘못했어. 돈은 꼭 가지고 올게. 조금만 더 시간을…."

오른쪽 골목길에서 들려오는 익숙한 목소리. 그 목소리는 울음이 섞여 있으며 힘없는 목소리였다. 그 목소리도 들려왔지만 내가 더 신경 쓰이는 소리는 따로 있었다. 마치 샌드백을 치듯이 거친 주먹 소리와 발차기 소리. 나는 그 소리가 신경 쓰여 친구와 같이 오른쪽 골목길로 들어갔다. 거기에 있던 사람은 초등학교 친구인 성민이와 우리 학교에 성실하고 공부 잘하는 애들로 알려진 김민준과 박찬석이었다. 나는 주저앉아 성민이를 바라보았다. 내 눈에 들어온 성민이의 얼굴에는 수많은 멍과 상처 그리고 머리카락을 잡고 있는 손이 보였다. 그 손의 주인은 김민준이었다. 나는 순간 무슨 상황인지 이해가 안 되었고 내 옆에 있던 태영이는 성민이의 상태에 놀라 뒷걸음질을 하고 있었다. 나는 김민준에게 말했다.

"너, 뭐 하고 있냐? 성민이 상태는 왜 저러고?"

"네가 상관할 바 아니잖아. 못 본 척하고 넘어가라. 험한 꼴 당하기 싫으면."

옆에 있던 태영이가 나한테 그냥 못 본 척하고 가자고 했지만 나는 그러지 못하고 말렸다. 무슨 일인지 김민준과 박찬석은 순순히 물러섰다.

"야, 좋은 생각이 있어. 오늘은 그냥 돌아가자."

김민준은 박찬석에게 귓속말을 했지만 기분을 더럽게 하려고 한 건지 내 귀에도 들리게 말했다. 김민준과 박찬석은 말을 마친 뒤 우리 앞에서 사라졌다.

"야 무슨 일이야? 얼굴 꼴이 왜 그래?"

"신경 쓰지 마. 네가 관여해도 해결 안 되는 일이야."

성민이는 왜인지 화나 있는 목소리였다. 나는 성민이가 말하기 싫은데도 너무 궁금한 나머지 재차 물어봤다.

"아 진짜! 그만해. 아까 말했잖아. 네가 관여할 일이 아니라고!"

"아… 알았어. 미안. 그럼 우린 가 볼게. 만약 무슨 일이 생길 것 같으면 먼저 나한테 말해라. 힘들어도 말하고."

그렇게 나는 성민이를 일으켜 세운 뒤, 걱정 끼치지 말라는 이야기를 남기고 태영이와 함께 학원으로 갔다.

다음날도 평소와 다를 바 없이 부모님의 차를 타고 등교했다. 차에서 내리고 교문을 지나 반에 들어가 내 자리를 본 순간 넋을 놓았다. 내 책상이 온통 죽으라는 글씨로 도배가 되어있었기 때문이었다. 정신을 차리자 이 짓을 누가 했는지 바로 짐작이 갔다. 바로 어제 일이라 생생하게 기억이 난다. 성민이를 때리던 사람들. 그래 바로 김민준과 박찬석. 그놈들이었다.

그놈들 어제 귓속말로 뭐 생각이 있다니 뭐니 하더니 이 짓을 하려고….

혼자서 이런저런 생각을 하느라 못 들었지만 생각을 다 마치고 나니 주위에서 수군거리는 게 들렸다. 나는 귀가 예민한 편이라 너무 잘 들렸다. 대부분의 반 친구들은 나랑 어울리지 말라고 말 걸지도 말라고 나랑 어울렸다가 저 꼴 당한다고 등등 나를 까고 욕하는 말이었다. 나는 그 자리를 황급히 떠났다.

수업이 시작하기 3분 전, 우리 학교는 폰을 걷지 않기 때문에 시간을 확인할 수 있었다. 학교는 총 3동으로 되어있는데 3동 뒷골목은 아무도 안 가는 곳이었다. 나는 그곳에서 울고 있었다. 왜 이렇게 갑작스럽게 친구들에게 욕을 먹고 있는가. 왜 나는 성민이를 도와줬을까? 하며 후회와 울분을 토해냈다.

나는 1교시는 수업을 빼먹었다. 나를 욕한 친구들도 참 한심하다 생각했는데 그보다 더 한심한 건 나였다. 친구들에게 욕을 먹은 게 전날 성민이를 도와줬기 때문이라고 생각하는 내가, 공부도 못

하는데 이렇게 수업도 빠지는 내가, 난 더욱더 나를 한심하게 생각했던 것이다. 도와준 거 정말 잘한 건데 왜 그런 생각을 했을까? 아마 그때부터였을 것이다. 내가 사회를 싫어하게 된 것, 내가 나 자신을 별로 좋게 보지 않게 된 것, 그리고 사회에게 버림받게 된 것은.

1교시가 끝나고 반으로 돌아왔다. 자리는 이상하게도 깨끗하게 되어있었다. 누가 치워준 걸까? 아니 반 애들이 혼나는 게 싫어 치운 거겠지 하는 생각을 하다가 담임 선생님이 불러 교무실로 갔다.

"이재희, 1교시 내내 어디에 있었어? 반 친구들은 모른다 하고 선생님이 얼마나 찾은 줄 알아? 도대체 어디에 있던 거니? 학교에서 나갔었니?"

아까도 말했지만 3동 뒤에는 아무도 안 간다. 이유는 너무 어둡고 골목길 형식으로 좁아서 가기 싫어하는 것이다.

'그런 곳에서 혼자 울고 있었는데 어떻게 찾겠어. 찾는다면 찾을 수 있겠지만. 나를 못 찾았다는 건 대충 찾았다는 거겠지?'

난 몰랐다. 선생님도 한통속이었다는 걸. 그렇게 친구들의 시선을 받으며 수업을 마치고 태영이를 찾아갔다. 하지만 태영이는 나를 외면했고 그때서야 비로소 알았다. 지금 학교에 내 편은 없다고. 결국 나는 혼자서 정문으로 나갔다. 정문에 기다리고 있는 건 다름 아닌 성민이였다.

"그러니까 도와주지 말고 가라고 했잖아. 왜 도와줬냐? 난 너를 위해 말한 건데. 덕분에 나는 이제 벗어났지만…."

"난 그저 할 일을 했을 뿐이야. 물론 처음에는 후회를 했어. 근데 지금은 도와준 걸 자랑스럽게 여긴다. 친구를 도와줘서 그런 폭력에서 벗어나게 해줬는데 누가 싫어하리?"

성민이는 그런 이야기를 듣고도 아무 반응이 없었다. 그저 나를 한심하다는 듯이 바라보았다.

"난 이제 다른 학교로 전학 가려고 한다. 여기 있어봤자 좋은 거 없어서…. 너는 어떻게 할래?"

"난 그냥 여기 남으려고. 어차피 무시하고 버티면 돼. 그 녀석들이랑 만날 일 이제 없을 것 같기도 하고 또 하나는 우리 학교는 졸업하고 대학으로 갈 때 추가점수 들어가서 더 이득이잖아. 심지어 내가 가고 싶은 대학은 여기 졸업하면 내 성적으로도 갈 수 있다고."

그렇게 성민이와 이야기를 마친 뒤에 나는 이 따돌림이 시작된 골목길로 갔다. 거기에는 김민준과 박찬석이 있었고 나는 무시하려고 했으나 그 녀석들이 불러서 어쩔 수 없이 그 골목길로 들어갔다.

"야 괜찮냐? 학교에서 따돌림받던데… 이야 누군지는 모르겠지만 참으로 대단해 누가 그렇게 책상에 죽으라는 글씨를 도배해 놨을까?"

김민준은 웃음을 참으면서 보지도 않았던 책상 이야기를 했다.

"어떻게 정확하게 아냐? 다른 반이면서 누가 말해준 것도 아니고."

나는 눈을 불이 나게 뜨고 김민준을 바라봤다. 김민준은 그것도 귀엽다는 듯이 피식 웃고 있었다.

"너잖아, 시×. 야, 사람 우습냐? 진짜 ×같아요. 개×끼야, 너도 한번 당해보는 것도 나쁘지 않을 수도? 너 같은 새×가 당해봐야 정신을 차리지."

"뭐라고? 이 새×가 처 돌았나. 야, 우리 아니라도 했잖아? 왜 우리라고 단정 짓냐?"

"어제 성민이 도와준 이후 이렇게 됐는데 너네말고 누가 있냐?

학교도 입학한 지 얼마 안 됐는데"

이렇게 말하던 중 갑자기 김민준 옆에 있던 박찬석이 이야기를 듣다가 어이없어서 그런지 말을 해왔다.

"아니라고 씨× 사람이 하는 말을 믿어야지. 우리가 아니라 예전부터 니 원한 사던 사람 아니야? 왜 우리라고 생각하는데?"

"그래. 너네는 그따위로 살아라. 그래서 꼭 인생 망해라. 인간도 아닌 새×들아."

"이 새×가! 넌 뒤졌다. 야 저 새× 잡아."

김민준은 빡쳐서 박찬석과 나를 잡으려고 했지만 중학교 시절 육상부였던 나를 잡는 건 무리였다. 난 그렇게 골목길에서 빠져나와 학원으로 갔다. 하지만 학원에서도 갑자기 나를 내보냈다.

"이제부터 너는 우리 학원에 오지 마라. 올 필요도 없다. 너 같은 새×는."

나는 의문이 들었다.

'왜지? 왜 갑자기 학원에서 내쫓는 거지? 도대체 뭔 일이 일어난 거야?'

곰곰이 생각하던 중 박찬석의 아버지가 이 학원의 원장이라는 것을 깨달았다. 그래서 내가 생각한 것은 그냥 다른 학원으로 가면 그만이란 생각이었다. 그래서 일단은 집으로 돌아가 학원에서 쫓겨났다는 이야기를 하며 어머니에게 혼이 났고 학원을 찾으면서 전화를 돌렸다. 그 짓을 내가 했다. 부모님은 "네가 뭘 어떻게 하다 학원에서 쫓겨난 거냐"며 잘 들어가라면서 나한테 맡겼다. 나는 여러 학원에 전화해 보았다.

"안녕하세요. 작사고등학교 1반 이재희라고 하는데…."

"안 돼. 너 같은 놈은 받아줄 수 없어."

말이 끝나기 전에 답이 들려왔다.

나는 어이가 없었다. 그래서 다른 학원에도 전화를 걸어 똑같이 말했다.

"우리도 안 돼. 너 같은 놈을 어떻게 받니?"

"우리도 안 된다. 다른 학원도 다 너 같은 놈은 안 받을걸?"

다른 곳도 마찬가지였다. 작사고등학교에 다니는 이재희는 절대 받지 말라는 당부를 어디서 받았나 보다.

그러다 피아노 학원이 눈에 들어왔다. '이렇게 된 거 피아노 학원이라도 다니자' 하는 마음에 거기로 전화해 보았다. 피아노 학원 원장 선생님은 흔쾌히 받아주었고 나는 정말 감사한 마음에 전화기를 내려놓자마자 울음을 터뜨렸다. 울음을 터뜨린 뒤, 다음날 지옥 같은 학교생활을 다시 시작했다.

피아노 학원을 다니면서 작사고등학교에 다닌 지 1년이 지났다. 지난 1년 동안 따돌림 즉 죽으라는 글씨나 얼굴에 침을 뱉고 가방을 쓰레기통에 넣는 행위 등 여러 가지 괴롭힘을 당했다. 하지만 그것도 시간문제였는지 점점 잠잠해지는 듯했다.

그러던 어느 날.

"야 이 새× 어느 정도 잘됐나 보네? 이야 참으로 잘됐네. 근데 여기 한 친구가 진실을 말해 주겠다는데?"

학원을 마치고 집으로 돌아가던 중 갑자기 김민준이 나타났다. 그리고 김민준 옆에 있는 사람은 박찬석이 아닌 다름 아닌 내 첫 고등학교 친구 태영이였다. 나는 왜 태영이가 옆에 있는지 이해가 안 갔다.

"왜 태영이가 너랑 같이 있냐? 그리고 태영이가 할 말이라니 그건 또 뭔 소리야?"

"재희야, 미안. 사실 네가 따돌림당하기 시작한 거 나 때문이야."

난 어이가 없었다. 내 제일 친한 친구인 줄 알았던 태영이에게 배신을 당하다니…. 그럼 죽으라는 글씨는 태영이가 적었다는 소리인가? 도대체 왜? 무엇을 얻어갈 수 있어서?

"야, 네가 왜… 그럼 죽으라는 글씨를 네가 썼다는 소리야?

"그건 사실 누, 누, 가… 시켜서…."

태영이는 무언가를 말하려고 했지만 김민준이 입을 막아버렸다.

"야 내 말 맞잖아. 우리 아니라고. 참, 나 어이가 없어서. 너 때문에 그때 얼마나 ×같았는지나 아냐? 너 한 대만 맞자. 어때?"

그런 말을 하면서 김민준은 나한테 다가왔다.

"야야, 잠깐… 기다…."

기다리라는 말도 잠시 김민준의 손이 내 복부에 닿았다. 순간 머리가 새하얘졌고 그 자리에 그대로 드러누웠다. 정신이 나가기 전에 태영이와 김민준이 하는 이야기가 희미하게 들렸다.

"야, 씨× 쓸데없는 이야기하지 말라고 했지. 내가 시킨 거 다른 애들한테도 비밀이다. 이 새×가 대학 갈 수 있게 도와준다고 했는데도…."

"미안, 잘못했어. 하지만 이제 끝났지? 나 원하는 대학 잘 갈 수 있게 도와줄 거지?"

"그래. 도와는 줄게. 앞으로 나만 따라다니면 뭐든 잘 될 거다."

둘의 대화를 통해 확실히 알 수 있었다. 태영이가 대학 때문에 배신한 것도 있었지만 김민준이 시킨 일이었다는 것을. 그 뒤 나는 기절했다.

정신이 돌아온 후 나는 어이가 없었다. 그 이야기가 신경 쓰이는 것도 있는데 태영이가 대학 때문에…. 물론 대학이 중요하니까 그럴 수 있다고는 하는데 김민준 그 먼지만도 못한 놈은 내게 무슨 원한으로 이 짓을 통해 뭔 이득을 얻을 수 있는지. 그냥 해탈

해 있었다. 그렇게 김민준한테 맞고 태영이에게 배신감을 가지면서 학교에 다닌 것도 오랜 시간이 지났다.

입학한 지 어느덧 2년 10개월. 벌써 시간이 이렇게 지나갔나? 약 3년 전 김민준 그놈에게 당한 짓을 아직도 생각하고 있다. 3년이란 시간 동안 배신했던 친구말고는 친구를 사귀지도 못하고 청춘을 보냈다. 김민준 때문에….

오늘 학교에 방송국이 온다고 한다. 물론 주작 여론을 피하려고 실시간으로 마스크는 쓰고 한다. 갑자기 무슨 코로나라는 병이 퍼져서 마스크를 쓰고 다녀야 한다. 어쨌든 나는 이 실시간을 노려서 김민준에게 망신을 주려고 한다. 나를 따돌림 당하게 했으니까 나도 똑같이 망신만 주자는 생각으로 얼굴을 가리고 김민준이 나한테 한 만행을 이야기하려고 했다. 방송국이 오고 촬영이 시작됐다. 드디어 김민준을 찍고 있었다. 나는 바로 근처에 가서 이야기를 시작하였다.

"여러분! 그 새× 사람들 몰래 따ㄷ… 읍!"

갑자기 뒤에서 손이 나와 나의 입을 막았다. 그 손은 나의 입을 막으면서 화장실에 넣고 가두었다. 화장실에 가두기 전에 얼굴을 봤다. 그 얼굴은 다름이 아닌 내 친구 태영이었다. 어이가 없었다. 대학에 가게 도와줬으면 그냥 이제는 놔줄 것이지, 나를 배신해 놓고 그런 말은 못 하는 걸까. 잠시 후 김민준이 화장실로 나를 찾아왔다. 그러고는 내 마스크와 모자를 벗겼다.

"역시 이재희네. 야 미쳤냐? 그딴 말 하면 내 이미지가 어떻게 되겠니, 어? 이 새×야 넌 내가 봐주려고 했는데, 안 되겠다."

그런 말만 하고 김민준은 아무 제스처 없이 태영이와 함께 갔다. 태영이는 뒤도 돌아보지 않고 그냥 갔다. 참 어이가 없었다.

나는 뭐 때문에 이렇게까지 하고 있는 걸까 하면서 화장실을 나와 하늘을 올려다보았다. 신이 있다면 왜 나를 이렇게까지 만신창이로 놔두는 걸까? 그렇게 2개월이 지났다. 이제는 졸업할 날이 얼마 안 남았다. 졸업을하더라도 가족말고는 아무도 축하를 안 해 주겠지.

2개월 뒤, 내가 원하는 대학교에 서류를 넣고 면접까지 보았다. 하지만 돌아오는 것은 불합격 처리. 이유가 궁금했다. 내가 성적이 좀 안 좋다고 해도 가능성이 있었는데…. 어떻게 떨어졌을까? 나는 이유를 찾아 여러 가지를 조사해 보았다. 그때야 비로소 알았다. 김민준의 아버지 김기혁이 우리 학교 교장 선생님이라는 것을. 김민준이 나를 가리켜 친구를 배신하고 따돌리는 사람으로 말했다고 한다. 어이만 몇 번이 나가는지. 진짜 이제는 어이도 해탈도 아니고, 그냥 웃음만 났다. 나는 그때 한 생각까지 떠올랐다. 어차피 대학에 못 들어갈 거 회사나 다니자는 마음으로 열심히 공부를 시작하기로 했다.

다행히 나는 고졸임에도 불구하고 열심히 노력해 식품 관련 중소기업에 들어왔다. 하지만 여기서도 구박을 받았다.

이수진 과장님은 항상 위에서 뭔 일을 당하면 나를 불러 구박하는 것으로 화를 푼다.

"어이 이재희! 일을 어떻게 하면 이렇게 하나? 뭔 쉬운 일 하나를 제대로 하지를 못 해? 너한테 일을 열 개밖에 안 맡겼는데? 그것도 못 하나?"

"죄송합니다. 다시 써 오겠습니다."

"아니야, 됐어. 이렇게 일을 할 거면 그냥 때려치워!"

"그렇지만… 일단 돌아가 보겠습니다."

나는 내 자리로 돌아왔다. 다른 사람들의 시선이 느껴졌다. 그 시선은 나를 깔보거나 비웃는 듯한 시선이었다. 두려웠다. 과거가 떠올라서. 나는 그렇게 힘들어하면서 12시까지 야근을 했다.

퇴근한 후 집에 돌아왔다. 난 그래도 선방을 해서 내 집은 있었다. 하지만 이 집도 은행에서 돈을 빌려 산 집이다. 그리 크지도 않은 2인용 집. 나는 술과 삶은 계란을 먹었다. 계란 옆에는 계란 껍질이 있었다. 사람이 먹는 계란. 그리고 안 먹는 껍질, 아니 아예 못 먹는 껍질. 계란 껍질과 계란을 보면서 차이를 느끼고 나를 보았다. 허탈함에 울음이 터졌다.

어제 너무 울어서 기절했나보다. 서둘러 준비를 하고 출근을 했다. 오늘도 회사에서 구박을 받고 따가운 시선을 느꼈지만 일은 했다. 물론 오늘도 야근을 했다.

나는 너무 불공평하다고 느꼈다. 왜 나만 친구를 도와줬다고 이런 일을 당하는 것인가. 야근을 마치고 퇴근하고 집에 돌아왔다. TV를 켜자마자 보인 것은 배우가 된 김민준이었다. 화가 치솟았다. 저놈은 저렇게 잘됐는데 왜 나는 정의로운 일을 하였음에도 불구하고 이런 처지인가.

나는 사회가 싫다. 이렇게 열심히 노력하고 친구를 도와줬는데도 불구하고 돌아오는 것은 실패와 배신. 사람들에게는 수저가 있다고 한다. 마치 계란처럼…. 금수저, 철수저, 흙수저 나는 거기에 비하면 원래는 철수저다. 하지만 나는 금수저보다 더 위인 다이아몬드 수저에게 막혔다. 그것도 다름이 아닌 인생이 한 마디로 난 지금 계란 껍질이다. 나는 절대 병아리가 될 수 있는 노른자가 아니다. 그저 버려지는 껍질 오늘도 회사에서 구박을 받고 이런 과거를 한 일기에 써가고 있다. 이런 짓은 정말로 한심하다고 생각한다. TV

를 돌리면 나를 비웃던 친구들이 잘된 모습, 나를 따돌린 김민준의 배우가 된 모습. 그리고 나를 배신한 태영이가 가수가 된 모습….
참으로도 짜증이 났다.

화를 식히는 김에 바람을 쐬려고 밖으로 나와 한강에 왔다. 한강 근처 잔디에 앉았다. 하늘을 올려다보면 짜증 나게도 너무나 아름다운 밤하늘에 별들이 반짝인다. 미세먼지가 없어서 그런지 너무나 잘 보인. 나도 저 별이 될 수 있었다면 얼마나 좋았을까? 하지만 현실은 난 저런 별이 될 수 없다. 오히려 난 저런 별들을 가리는 미세먼지가 되었을 뿐. 하늘을 올려다보다 한강을 보았다. 그냥 죽고 싶다는 생각으로 빠지려고 하는 순간이었다.

"야! 멈춰!"

누군가가 나한테 멈추라고 하며 말렸다. 하지만 이미 발이 떨어져 있었다.

'이렇게 죽는구나….'

그런 생각을 하고 했다.

그런데 멈추라던 사람이 내 손을 잡아 끌어올렸다.

"드디어 찾았는데 뒤지면 안 되지, 인마! 얼마나 놀랐는데!"

"누구시죠? 누군데 저를 찾았죠?"

마스크와 모자로 인해 누구인지 몰랐다. 마스크와 모자를 벗자 누구인지 바로 알 수 있었다.

"오랜만이다, 인마. 그리고 너 우냐?"

사람들이 감동할 때 자신도 모르게 눈물이 흐른다고 한다. 나는 그 소리가 뭔지 몰랐다. 하지만 지금 깨달았다. 눈물은 멈출 기미가 안 보였다.

"나 왜 눈물이 계속 나오지? 왜 안 멈추지?"

"인마 울어도 돼. 나 도와줬다고 그런 일들을 계속 당해왔는데.

고맙다. 네 소식 친구들 통해서 계속 듣고 있었다. 진짜 미안하다."

그 사람은 나를 달래주었고 나는 겨우 입을 열었다.

"나도 성공할 수 있을까? 사회는 나를 싫어했던 거 아니었어?"

"아니야 내가 왔잖아. 다시 일어서야지. 지금까지 버텼잖아. 이제는 일어서서 성공할 때야."

그렇게 나는 그 친구를 보면서 눈물이 맺혀있는 가운데 그 친구의 아니. 성민이의 웃음을 보았다.

어때?

내 이야기를 들어보니 내가 왜 그런 말을 했는지 알겠니? 근데 나 지금 궁금한 게 생겼어. 너는 이 작은 사회 곧 학교에 대해 어떻게 생각하니? 내가 겪은 일이랑은 조금 혹은 많이 다르겠지만 너의 이야기를 들려줬으면 해. 만약 아직 네가 나처럼 이런 일들을 겪지 않거나 겪는 중이라면 나와는 다른 스토리와 엔딩으로 지금부터 만들어 볼래? 너의 일들을, 너의 인생을 조금이나마 좋은 길로 만드는 작업을 만들어 줬으면 좋겠어. 그러니까 보여줘. 나와는 다른 너의 빛나는 인생을….

한 제 환

직면

직면

비가 추적추적 내리는 날. 바깥의 분위기는 어스름했다. 하지만 나는 무척이나 신나있었다. 왜냐하면 오늘 처음으로 학교를 가기 때문이다. 너무 설레는 마음에 평소라면 8시 이후에 일어날 것을 7시 즈음에 일어나버렸다. 후다닥 준비를 마친 뒤 서둘러 엄마를 깨웠다.

"엄마! 빨리 일어나!"

안방에서 부스럭거리는 소리가 들렸다. 엄마가 일어나는 소리일 것이다.

나는 지금 엄마랑만 살고 있다. 우리 엄마랑 아빠는 내가 여섯 살일 때 이혼했다. 같이 살 때 내가 잠들 때는 항상 서로에게 소리를 질렀다. 두 사람이 이혼한 뒤 엄마에게 아빠와 싸웠던 이유와 이혼을 한 이유를 물어봤는데, 엄마랑 아빠는 마음이 안 맞았다고 했다.

안방에서 나온 엄마는 아직 잠이 덜 깬 것인지 눈을 비비면서 내 쪽을 쳐다봤다. 그리고 놀란 듯 눈을 동그랗게 뜨며 말했다.

"어머? 벌써 일어났니?"

나는 너무 설레서 빨리 일어났다고 말하고는 엄마에게 빨리 준비하라고 재촉했다. 그러자 엄마는 웃으며 알겠다고 한 뒤 다시 안방으로 들어갔다.

준비를 마치고 엄마가 챙겨주신 도시락을 챙기고 현관에 있던 우산을 들고 집을 나섰다. 엄마와 나는 우산을 펴고 손을 잡고 학교가 있는 방향으로 가기 시작했다.

학교로 가는 길에는 낡고 허름해 보이는 집들과 손님이 오지 않을 것만 같은 슈퍼들이 보인다. 엄마가 말하길 이곳에는 우리와 형편이 비슷한 사람들이 살고 있다고 했다(사실 나는 형편이란 단어를 모르기 때문에 이해하지 못했다). 이렇게 서로 비슷한 사람들이 모여 사는 곳. 이곳이 내가 사는 동네. 일명 '빈민가'(어른들이 그렇게 불러서 그렇게 알고 있다.)이다.

학교를 가려면 우선 내가 살던 동네를 나와 도시 쪽으로 가야 한다. 나는 엄마와 함께 학교를 가기 위해 빈민가를 나와 도시 쪽으로 향했다. 사실 나는 태어나서 빈민가를 처음 나와본다. 내가 다니던 유치원도 빈민가에 존재했기 때문에 그동안 딱히 동네에서 나올 일이 없어 도시 쪽으로 나온 건 처음이었던 것이다.

학교 앞에 도착한 나는 엄마에게 작별 인사를 하고 학교에 들어섰다. 그러자 교문에 계시던 선생님 한 분께서 밝게 인사를 하시며 반갑게 맞아주셨다. 그리고는 내가 배정된 1학년 2반으로 데려다주셨다.

마침내 교실 앞에 도착한 나는 계속하여 나지막하게 혼잣말을 중얼거렸다.

"할 수 있다. 할 수 있다."

나는 깊게 숨을 들이마신 뒤 교실 문을 열어젖히며 교실에 들어섰다.

교실의 풍경은 내가 알던 유치원 교실의 풍경과는 사뭇 달랐다. 바닥은 매트가 아닌 나무 바닥이 깔려 있었고 둥그런 형형색색의 탁자들이 아닌 단조로운 색들의 책상들과 의자들이 있었다. 솔직히 내가 생각했던 교실의 모습과는 달랐다. 뭐랄까. 삭막해 보였다. 하지만 설렘과 기분 좋은 고양감이 겹쳐서일까? 그래도 내 눈에는 교실이 무척이나 예뻐 보였다.

교실을 둘러보고 있는데 옆에서 무슨 소리가 들려왔다. 그제야 나는 주변을 둘러보기 시작했다. 옆을 보니 다른 아이들이 서로 수다를 떨고 있었다. 나는 앞으로 1년간 같은 반에서 학교생활을 할 아이들에게 좋은 인상을 남겨야겠다는 생각이 들어 아이들에게 다가가 힘차게 인사했다.

"얘들아 안녕! 나는 너희와 같이 1학년 2반에서 같이 공부하게 될 김철수라고 해. 앞으로 잘 부탁해!"

그러나 그 아이들도 나처럼 활기차게 내 인사를 받아줄 거란 예상과는 달리 그 아이들은 무심하게 대답했다.

"어, 그래."

나는 살짝 당황하여 얼이 빠졌지만 곧바로 정신을 차린 뒤 내 이름이 써진 자리로 갔다. 내 이름이 적힌 의자에 앉으니 뭔가 내가 대단해진 것 같은 느낌이 들었다. 그리고 시간이 지나자 다른 아이들도 속속들이 들어오기 시작했다.

그런데 뭔가 이상한 점이 보였다. 나와 비슷한 옷을 입고 있는 다른 아이들과는 다르게 몇몇 다른 아이들은 입고 있는 옷이 고급스러워 보였다. 평범한 셔츠와 바지가 아닌 단추가 달려있고 레이스가 달려 있는 옷, 비싸 보이는 청바지와 화려해 보이는 치마 등. 확실히 나나 다른 아이들과는 달랐다. 자기들도 본인들의 옷이 고급지다는 걸 의식하는 듯 한껏 어깨에 힘을 주고 있는 것 같았다. 뭔가 이상했지만 첫날이라 힘 좀 주고 왔겠거니 싶어 나는 그냥 넘어갔다.

그런데 그 아이들이 하는 말은 그냥 넘길 수 없었다.

"야. 너네 아빠 차 종류가 뭐라 했더라?"

"그새 까먹었냐? 롤스로이스다."

"아 참. 그랬지.

나는 그 애들의 말을 듣고서는 깜짝 놀랐다. 차는 돈이 많은 사람만 타는 것이라고 들었는데 저 아이들은 비싸다는 차를 이미 갖고 있다는 듯이 얘기를 하는 것이다. 나는 은근슬쩍 그 아이들이 하는 말을 듣기 위해 귀를 기울였다. 나와 비슷한 옷을 입고 있는 아이들도 그 아이들에게 집중한 모양이었다. 그러자 그 아이들은 나나 다른 아이들이 자기들을 의식하는 것을 눈치라도 챘는지 더 욱더 큰 목소리로 얘기를 하기 시작했다.

"야야, 근데 나 가방 좀 바꾸려 하는데 추천 좀?"

"가방은 최소 루이뷔통이지."

"우리 집은 에르메스 아니면 안 삼."

나는 그 말까지 들으니 온몸의 힘이 쭉 빠졌다. 누구는 돈 아까워서 옷 하나 제대로 못사는데 가방까지 바꾼다니 정말 말 그대로 온몸의 힘이 빠졌다.

어느새 나의 학교생활 첫날이 끝났다. 오늘 학교에서는 여러 오리엔테이션과 학교 시설에 대한 소개를 받았는데 솔직히, 아까 그 아이들이 하는 얘기를 들은 후로 그 이야기들이 귀에 잘 안 들어왔다. 가방을 챙기고 교실을 나가려는데 아까 자동차와 가방 얘기를 하던 아이들 중 한 명이 크게 소리쳤다.

"얘들아! 오늘 내 생일이라 우리 집에서 파티 열 건데 너희들 올 거지?"

나는 그 말을 듣고 살짝 솔깃해졌다. 친구 집에 놀러 간다는 것도 약간 설렜고 잘 산다는 친구의 집이 어떻게 생겼는지도 궁금했다.

우리 반 아이들 모두가 그 아이를 따라 그 아이의 집으로 향했다. 집에 도착한 나는 입이 떡 벌어졌다. 우리 집과는 비교도 안 되게 컸고 으리으리했기 때문이다.

"어서 들어와!"

나는 그 친구의 외침을 듣고서야 정신을 차리고서는 집으로 들어갔다. 나는 그 친구의 집에 들어가서 주변을 둘러보고는 완전히 기운을 잃었다. 내가 사는 집하고는 차원이 달랐기 때문이다. 넓은 현관과 높은 천장, 비싸 보이는 온갖 물건들과 멋있어 보이는 초상화 등, 정말 다양한 물건들이 나를 기죽였다.

그때부터였을까? 나는 친구들이 떠드는 것도, 생일을 축하한다는 노래도, 무엇도 귀에 들어오지 않았다. 왜인지는 모르겠다. 그냥… 뭐랄까. 이상한 기분이 들었다. 그때 문득 어떤 말이 기억났다. 집에서 엄마가 누군가와 통화할 때 말했던 단어. '상대적 박탈감' 나는 그 말의 의미를 엄마한테 물어봤었다. 엄마는 처음에는 곤란해했지만 내가 계속 집요하게 물어보자 결국 답을 해줬다.

"음… 상대적 박탈감이란 말은 말이야. 자신에게도 있어야 할 것을 남에게 뺏긴 기분이 드는 것을 말한단다."

엄마가 해 준 설명을 잘 알아듣지 못했던 나는 그 말의 의미를 그 순간에서야 알아차렸다.

생일잔치가 끝나고 나서 학교로 돌아간 나는 엄마를 기다렸다. 하지만 선생님이 말씀하시길 엄마는 바빠서 데리러 오지 못한다고 한다. 나는 선생님이 데려다준다는 말을 거절하고 우산을 챙겨 혼자 집으로 터벅터벅 걸어갔다. 길을 잘 기억하는 편이니 다행이다. 나는 오늘 일어났던 일들을 곱씹으며 중얼거렸다.

"왜 우리 집은 걔네와는 다르게 가난한 걸까?"

나는 아빠와 엄마가 이혼했을 때도 하지 않았던 불평을 태어나서 처음으로 했다. 나는 여태껏 세상 모든 사람이 우리 가족처럼 사는 줄 알았다. 자식의 나이가 여섯이 되면 모두 이혼하여 사는 줄만 알았다. 당연히 그런 줄 알았다. 왜냐면 그것이 나에게는 당연한 것이기에, 옷과 바지 살 돈을 아끼고 식비를 줄이려고 하루 두 끼도 간신히 먹어야 하는, 그런 것이 당연한 줄만 알았다. 오늘 학교에 가기 전까지는 그런 줄만 알았다. 정말, 그런 줄로만 알았다.

그때 갑자기 비가 내렸다. 나는 아침에 챙겨온 우산을 펼쳐 비를 막으면서 걸어갔다. 왠지 모르게 눈물이 흘렀다. 왜일까? 오늘 하루에 봤던 모든 게 여태껏 살아왔던 나의 짧은 인생을 짓밟는 것 같이 느껴졌다. 분명 별거 아닌 일일 텐데, 나에게는 정말 큰 일로 다가왔다.

어느덧 집에 도착했다. 오늘따라 내가 정말 비참하게 느껴졌지만 엄마의 걱정하는 모습을 보기 싫었던 나는 서둘러 소매로 눈물을 훔친 뒤, 집에 들어서며 입을 열었다.

"다녀왔습니다!"

내가 여러 가지를 알게 된 지 어느덧 벌써 석 달이 지났다. 그 사이에 친구도 사귀고 수업도 받았다. 평범한 학교생활이었지만 나는 알고 있었다. 몇몇 아이들은 나와는 확연히 다르다는 사실을….
나는 그 사실을 내 두 눈으로 보았고 현실을 받아들일 수밖에 없었다. 하지만 인간은 적응의 동물이라고 선생님께 배웠다. 나는 점점 그 사실에 익숙해져 가기 시작했고, 석 달이 지난 현재 그 차이를 완벽하게 인정했다.

쉬는 시간, 나는 입학하고 처음 사귄 친구와 이것저것 얘기하며 놀고 있었다. 이 친구의 이름은 민수다. 민수는 입학하고 직시한 현실에 충격을 받은 나에게 처음으로 말을 걸어준 친구였다. 민수는 나와 비슷한 상황이었는데 자신도 빈민가 쪽에서 살고 있고 부모님은 이혼해 아버지와 함께 살고 있다고 했다. 그렇기에 나는 동질감을 느껴서인지 유독 민수와 친하게 지내고 있다.

쉬는 시간이면 민수와 나는 이런저런 얘기를 하고 노는데 그때마다 반드시 꼭 하는 이야기 주제가 있다. 그건 바로 현실의 불공평함. 민수와 나는 잘사는 다른 아이들과 자신들의 처지를 비교하면서 현실의 부조리함을 비판한다. 애들 입으로 얘기하기에는 너무 부적절한 주제일 수도 있지만 뭐 어떤가, 이건 분명한 사실이고 우리가 하고 싶다는데 남들이 뭐라 할 이유는 없다.

이러면 안 될 것 같지만, 이 이야기를 하면서 나름대로 통쾌함을 느꼈다. 다른 아이들이 듣지 못하게 소곤소곤 얘기하며 아이들을 욕하는 게 대부분이다. 남들을 비판하는 것은 분명 나쁜 일이지만, 이게 은근히 재밌다. 이야기할 때는 순서가 정해져 있는데 먼저 가위바위보를 해 말할 순서를 정한다. 그리고 이긴 사람이 먼저 얘기를 꺼내는데 처음에는 자신이 처해있는 난처하거나 불행한 일을 말하고, 이것과 대비가 되는 잘 사는 아이들의 상황을 얘기한다. 그러고 나서 그 아이들의 상황을 오히려 이상하게 바꿔 얘기하는 거다. 이것을 반복하면서 얘기하는데 하다 보면 시간이 금방 지나가 있다.

그러다 한 번 선생님께 걸려서 혼난 적이 있는데 용서를 구했더니 다행히 교실 청소로 끝이 났다. 하지만 우리는 그 재미를 잊지 못해서 이틀 만에 다시 이야기를 시작했다.

여느 때처럼 학교를 마치고 민수와 놀이터에서 놀다가 집에 돌아온 나는 현관문 앞에 서서 들어가려 하는데 평소와 다른 집 냄새에 깜짝 놀랐다. 집에서 고기 냄새가 났기 때문이다. 내가 놀란 이유는 고기는 평소에 구경도 못 하는 음식이기 때문이다. 보통 생일이나 입학 날처럼 특별한 날에만 먹었던 음식이 바로 고기인데 갑자기 집에서 고기 냄새가 나니 놀란 것이다. 나는 집 앞에 서서 오늘이 뭔가 특별한 날인가 곰곰이 생각해봤지만 아무리 생각해도 떠오르지 않았다.

집에 들어서니 엄마가 반갑게 맞아주셨다.

"어머, 철수야 이제 오니?"

나는 엄마가 집에서 날 맞아주는 것을 좋아한다. 엄마가 날 사랑하는 것이 느껴지기 때문이다. 하지만 오늘은 엄마의 반김을 받아주는 것도 미루고 엄마께 궁금한 것을 물었다.

"엄마! 이게 웬 고기 냄새야?"

그러자 엄마는 놀라는 표정도 잠시, 환하게 웃으며 답해주었다.

"어머, 냄새 맡았니? 오늘은 엄마가 평소보다 돈을 좀 더 벌어서 우리 철수 맛있는 거 먹이고 싶어서 사 왔지."

나는 엄마의 대답에 순간 뭉클했다. 역시 우리 엄마라는 생각도 잠시 엄마가 나에게 다정한 목소리로 말을 걸었다.

"우리 아들, 이제 그만 서 있고 들어와서 고기 먹자!"

나는 그 말을 듣고 정신을 번쩍 차린 뒤 가방을 놓고 옷을 갈아입고 식탁 앞에 앉았다.

엄마와 고기 파티를 하던 중 엄마가 나에게 말을 걸어왔다.

"아들, 학교에서는 잘 지내니? 친구는 몇 명이나 사귀었고?"

그 말에 나는 순간 멈칫했다. 내가 학교에서 하는 일이라곤 수업 외에는 잘 사는 아이들을 깔아 내리는 것밖에 없기 때문이다. 하지만 이 사실을 엄마에게 알릴 수는 없었기에 거짓말을 하고 말았다.

"어, 어! 잘 지내지! 친구들도 많이 사귀었어"

그러자 엄마는 다행이라는 듯한 표정을 짓고서는 이렇게 말했다.

"그렇구나. 정말 다행이네."

나는 속으로 안도의 한숨을 내쉬었다. 그러나 안도하는 것도 잠시 엄마가 말을 이어갔다.

"엄마는 우리 철수가 학교에서 기죽지 않았나 했거든. 엄마가 우리 철수한테 못해준 게 너무 많으니까 학교에서 못 지내면 어쩌나 했어."

나는 그 말을 듣자마자 표정이 굳었다. 생각해보면 나는 학교에서 보낸 첫날부터 기가 죽어있었고 사실상 학교에서 잘 지내는 것도 아니기 때문이다. 그리고 이어지는 엄마의 말에 나는 온몸이 굳었다.

"엄마는 우리 철수가 학교에서 친구들이랑 잘 지내고 남들에게 기죽지 않는 당당한 아들이 되었으면 해. 그게 엄마의 작은 소원이야."

그 순간, 나는 눈물을 흘릴 뻔했다. 지금의 나는 엄마가 바라는 아들과 완전히 다르기 때문이다. 친구라고 부르는 아이는 한 명뿐이고, 첫날부터 남들에게 기죽어서 남들 뒤에서 몰래 험담이나 하는 비겁한 아이가 되어 있었다.

나는 엄마의 기대에 미치지 못했다는 사실에 매우 슬펐지만 엄마 앞에서는 그런 모습을 보이기 싫었다. 그래서 눈앞에 보이는 음식을 대충 집어 먹고 엄마에겐 배부르다고 얘기를 하고 방에 들어갔다.

그날 밤, 나는 쉽게 눈을 붙이지 못했다. 저녁을 먹으며 엄마가 했던 말을 곱씹으며 나는 굳게 다짐을 했다. 다시는 뒤에서 험담하지 않고 엄마의 소원처럼 당당하게 살겠다고. 그렇게 굳게 다짐을 했지만 머리맡 베개가 축축하게 젖어가는 것은 막을 수 없었다.

다음 날 아침, 등교하고 여느 때처럼 수업을 들었다. 그리고 찾아온 쉬는 시간, 역시나 민수가 말을 걸어왔다.

"야, 철수야 오늘은 뭘 깔까?"

나는 민수의 말을 무시했다. 한번 무시하면 더이상 말을 안 걸지 않을까 생각한 것이다. 하지만 민수는 다시 말을 걸어왔다.

"야, 어떻게 깔 거냐고. 대답 좀 해봐."

나는 하는 수 없이 뒤를 돌아 말을 꺼냈다.

"민수야, 우리 이제 이 놀이는 그만하는 게 어떨까?"

그러자 민수는 어이없다는 듯이 표정을 짓고선 나에게 되물었다.

"뭐? 그만하자고? 너 혹시 뭐 잘못 먹었냐?"

"아니야, 그런 게 아니라."

민수의 말에 나는 반박하려 했지만 민수가 말을 끊었다.

"아, 혹시 몸이 안 좋아? 그러면 오늘은 좀 쉬어라. 내일 하는 게 낫겠네."

나는 다시 얘기를 꺼내려 했지만 민수는 그대로 다른 아이들에게 갔다. 최근에 친하게 지내는 아이들인 것 같은데 그 아이들과도 그 놀이를 하는 것 같았다. 쉬는 시간마다 민수에게 말을 걸려 했지만 민수는 다른 아이들과 놀기 바빠 보였다. 결국 이날은 말을 제대로 하지도 못한 채 그렇게 흐지부지 흘러갔다.

다시 하루가 지나 나는 학교에 가면서 생각했다. 오늘은 꼭 얘기를 해보겠다고. 교실에 들어서니 민수는 여느 때처럼 내 뒷자리에서 나를 기다리고 있었다.

"어, 철수야 왔어?"

민수가 나를 반갑게 맞아주었다. 그리고 또 나에게 그 놀이를 하자고 얘기를 꺼내는데 이번엔 내가 말을 끊었다.

"민수야, 이제 그 놀이는 진짜 그만하자."

민수는 황당해하는 표정으로 나에게 말했다.

"야, 너 어제부터 왜 그러냐? 왜 자꾸 그만하재?"

나는 심호흡을 크게 한 뒤 말을 꺼냈다.

"솔직히 이건 아닌 것 같아. 남들 뒤에서 몰래 남을 흉보는 건 되게 비겁하다고 생각해. 그러니까 그만하자. 응?"

나의 말에 민수는 얼빠진 표정으로 몇 초 있다가 말을 꺼냈다.

"…야, 나중에 다시 얘기하자. 너 뭔가 상태가 이상한 것 같아."

그렇게 민수는 자리를 떠나 다른 아이들에게 갔다.

다음날도, 또 그다음 날도 민수에게 그만하자고 얘기를 했지만 그때마다 민수는 번번이 자리를 떠 얘기를 피했다. 하지만 나는 포기하지 않고 계속해서 민수를 설득하려 했다. 그렇게 민수에게 내 생각을 얘기한 지 열흘째 되는 날이었다. 민수에게 다시 말을 걸려는데, 민수가 질린 듯한 표정을 짓고서 화난 듯이 언성을 높였다.

"야! 이제 그만해! 왜 자꾸 그만하재? 같이 남들 까면서 놀자는데 왜 자꾸 그래? 너 진짜 이상하다?"

나는 민수의 뜻밖의 모습에 흠칫했지만 꿋꿋이 할 말을 했다.

"그래도 난 그만했으면 좋겠어. 아무리 우리가 쟤들과 차이가 난다 해도 남들을 까는 놀이 아니, 그런 짓은 하기 싫어."

나는 그 말을 하고서 민수의 반응을 살폈다. 민수의 얼굴은 붉어졌고 미세하게 씩씩하는 소리가 들렸다. 그리고 머잖아 민수는 말을 꺼냈다.

"알겠어. 넌 안 하겠다 이거지? 그래, 네가 그렇게 한다면 난 너와 친구를 안 할 거야."

나는 민수의 말을 듣고 머리에 망치를 맞은 듯 멍해졌다. 학교에 다니면서 처음 사귄 친구고 또 유일한 친구인데 그 친구가 연을 끊자 하니 충격을 받은 것이다. 나는 고민했다. 여기서 그만두고 친구 관계를 유지하거나 친구를 끊고 당당히 살거나.

나는 한참을 고민한 끝에 결국 결정을 내렸다.

"그래. 그렇게 해."

아무리 친구가 중요하다고 해도 엄마의 소원과 나의 다짐보다 중요하다 생각하지는 않았다. 그래서 이런 결정을 한 것이다. 민수는 나의 대답을 듣자마자 바로 등을 돌려 다른 아이들을 향해 가버렸다.

그 이후로 더이상 민수가 나에게 말을 걸어오는 일은 없었다. 보아하니 민수는 금세 또 다른 친구를 사귄 듯했다. 그리고 여전히 잘 사는 아이들을 까는 의식을 계속하는 듯했다. 하지만 나는 오히려 후련했다. 친구를 잃었지만 뭔가 마음속 답답한 게 싹 빠져나간 듯이 속이 시원했다. 엄마의 소원을 이루는 단계를 밟아가고 있다는 걸 깨달았기 때문일지도 모른다.

앞으로 학교생활을 하며 엄마가 원하는 것처럼 친구를 많이 사귀거나 항상 당당하게만은 살 수 없겠지만 그래도 엄마를 위해, 나를 위해 남에게 꿀릴 것 없이 당당하게 살아갈 것이다. 나는 그 말을 속으로 곱씹으며 어쩌면 나와는 너무 다를지 모르는 그 아이들에게 다가갔다.

"얘들아, 뭐해?"

강 준 호

작은 행복

작은 행복

2053년 세계 3차 대전이 발발한 후, 전 지구가 핵폭발로 인해 방사능이 퍼져 생명이 살아갈 수 없는 곳이 되어버렸고, 인간의 기술력은 약 50년 전으로 퇴보했다. 하지만 전 세계에서 딱 한 곳, 대한민국에서 기적적으로 살아남은 사람들이 마을을 만들어 살았다. 점차 시간이 지나면서 마을은 도시가 되고, 도시는 나라가 되었다. 그러나 처음에는 어울려 살았던 사람들이 점점 이기적으로 변해갔고, 결국 돈만 있으면 된다는 물질만능주의 세상이 되었다. 정부는 돈 있는 사람들이 권력 싸움을 하는 전쟁터로 변했고, 가난한 사람들과 돈 많은 사람의 격차는 걷잡을 수 없이 커져만 갔다.

올해로 17살인 시현이는 목수인 아빠와 옷 가게를 하시는 엄마 밑에서 태어났다. 하지만 아빠가 여섯 살 때 사고로 돌아가신 후로 부족했던 살림이 더 가난해졌다. 그래도 평소에 꼭 성공하여 부모님을 위해 효도하겠다는 꿈을 버리지 않은 시현이는 포기하지 않았다. 시현이의 인생을 송두리째 뒤바꿔 놓은 그 일이 일어나기 전까지는.

평화로운 아침, 시현이는 오늘도 여느 때와 다름없이 하루를 보내러 침대에서 일어났다.

"하암, 잘 잤다."

늘어지게 하품을 하며 세수를 하러 화장실에 가는데, 벽에 걸려있는 한 장의 가족사진이 시현이의 눈에 들어왔다. 사진 속에는 즐거워 보이는 표정을 하고 있는 시현이와 형, 그리고 아빠와 엄마가 있었다.

"아빠, 보고 계시죠? 제가 꼭 성공해서 돈 많이 벌어 올게요."

그렇게 아빠를 보며 마음속으로 다짐하고 있는데, 저 멀리 형이 무언가 다급해 보이는 표정을 지으며 달려온다.

"한시현! 큰일 났어!"

"형? 아침부터 갑자기 왜 그래?"

"지금 수상한 기계들이 우리 집을 부수려고 한단 말이야! 그러니깐 어서 피해!"

갑자기 이게 무슨 소리지? 수상한 기계? 집이 부서져?

"형은 어쩌고?"

"난 엄마를 살피러 갈 테니 먼저 가!"

"그렇지만…."

그때 곳곳에 금이 가 위태로웠던 천장이 무너지려 했다.

"위험해!"

잠시 후 시현이는 간신히 눈을 떴다.

"윽… 머리 아파. 그러고 보니 어떻게 된 거지? 난 천장에 깔릴 뻔했는데."

하지만 생각할 시간도 없이 시현이는 자신 앞에 펼쳐진 믿을 수 없는 광경에 그만 말문이 막혀버리고 말았다.

족히 수백 킬로그램은 되어 보이는 돌이 형을 짓누르고 있었기 때문이다.

"형! 괜찮아? 기다려, 내가 곧 구해줄게!"

다급히 돌을 옮기려 했지만 시현이가 아무리 힘을 써도 거대한 돌은 움직일 기미가 없었다.

"시현아… 난 틀린 것 같아. 너라도 꼭 살아남아야 해."

"아니야! 어떻게든 해 볼 방법이… 형? 왜 말이 없어! 눈 좀 떠봐!"

형은 그 말을 마지막으로 더이상 말을 하지 않았다.

"어째서 내게 이런 일이…."

시현이가 망연자실하고 있던 순간, 갑자기 등 뒤에서 밝은 빛이 쏟아졌다.

"뭐지? 구조대원이라도 온 건가…."

아까부터 계속 아팠던 머리가 문제인지 시현이는 자신의 의식이 멀어지는 것을 느꼈다.

***

제1차 경제 개발 프로젝트가 시작된 지 5년 후, 간신히 구조되었지만 가족을 다 잃고 집도 없어 보육원에서 하루하루를 지내고 있었던 시현이는 결국 보육원에서도 쫓겨나 일할 곳을 찾다가 정부에서 시행된 노동력 증강 계획에 뽑혔다. 그러나 제대로 된 급여와 복지를 제공할 리 없던 정부는 시현이를 비롯한 가난한 사람들을 착취하고 있었다.

"한 씨! 거기 그것 좀 옮겨줘."

오늘도 잡일은 시현이가 맡는다.

이 안에서도 암묵적으로 '계급'이란 게 존재했기 때문에 올해 스물둘인 시현이는 가장 어렸으면서도 무엇 하나 가지고 있지 않았기 때문에 자동 으로 먹이사슬의 최하층에 위치하게 되었다.

"어디로 옮기면 되나요?"

"그런 것 정도는 이제 알아서 할 때가 되지 않았나?"

시현이는 말투부터 행동까지 하나하나 꼬투리 잡히기 일쑤였다.

"앗…죄송합니다."

오늘도 연신 허리를 굽히며 일을 끝낸 시현이는, 4평 남짓한 방에서 신세를 한탄하며 라면 하나를 끓였다.

"경제 개발 프로젝트는 개뿔."

정부에서 추진한 제1차 경제 개발 프로젝트는 말만 프로젝트고 사실은 정부에서 편의시설 따위를 짓기 위해 거슬리는 빈민촌을 없애려고 시행한 계획이다. 항상 빈민촌을 없애기 위해 방법을 모색하던 정부는, 결국 가짜 이유로 만들어진 계획으로 빈민촌을 부숴 버렸다.

라면이 다 익어 갈 때쯤, 익숙한 목소리가 나를 반겼다.

"야, 오랜만이다. 한시현!"

"여어, 현수 아니냐? 잘살고 있었네. 또 라면 뺏어 먹으러 왔냐?"

이 친구의 이름은 장현수. 시현이와 같이 빈민촌에서 살던 친구인데 마찬가지로 정부의 프로젝트로 인해 부모님과 집을 잃고 마지막 남은 동생은 그 충격으로 말을 잃었다. 최근에는 체인저라는 반정부 단체에 가입해 정부에 반대하는 운동을 하고 있다.

"넌 언제까지 이런 썩어빠진 정부 밑에서 일할 거냐?"

"별수없지, 뭐. 여기서 나가면 지금 먹는 라면도 못 먹을걸?"

현수는 시현이가 정부 밑에서 일하는 걸 못마땅하게 생각한다. 물론 시현이도 이런 정부 밑에서 일하기 싫다고 생각한다. 살기 위해 하는 것일 뿐.

그런데 현수가 갑자기 진지한 표정으로 말한다.

"그러지 말고 너도 우리 'changer(체인저)'에 들어오는 건 어떠냐?"

"나보고 반(反)정부 단체에 들어오라고?"

"그래! 나랑 같이 이 망할 정부를 뜯어고치자!"

잠시 침묵이 흘렀다.

"…야?"

"아, 미안. 잠시 생각 좀 했어."

"그래, 좀 더 생각하고 말해도 돼. 오늘은 늦은 것 같으니 일주일 후에 다시 올게. 그때 말해줘."

현수가 가고 시현이는 방을 정리하며 고민했다.

'체인저라… 과연 내가 거기서 살아갈 수 있을까? 민폐가 되지 않을까?'

그리고 무엇보다도 일원이 되면 정부에게 잡혀 무슨 일을 당할지 모른다.

"하지만 난 이 사회에 복수할 것이 있지."

그렇게 시현이가 반정부 단체에 들어가기로 결심한 지 일주일이 지났다.

"어휴, 오늘도 뒤지게 까였구만. 하지만 이 짓거리도 오늘이면 끝이지!"

현수를 만나러 길을 걸어가는데, 우연히 한 전광판이 눈길을 끌었다.

"빈민촌에 살 때는 이런 거 보지도 못했는데."

그때 전광판 속 앵커가 다급히 무언가를 준비하는 모습이 보였다.

"방금 들어온 긴급 소식입니다. 현재 한 폭력 단체가 A시 외곽에서 폭동을 일으켰습니다. A시 주민들께서는 최대한 빨리 대피해 주시기 바라며…."

"요즘에도 저렇게 폭동을 일으켜? 저러면 다치는 사람만 많이 나올 텐데…."

그러다 문득 앵커의 한 마디가 시현이의 귀에 스쳤다.

"단체의 특징으로는 단원들 모두가 반(反)자가 새겨진 수건을 이마에 두른…."

"반(反)?"

시현은 그길로 현수가 사는 A시로 달려갔다.

"장현수! 현수야? 어디 있어!"

그렇게 사방팔방 뛰어다니며 현수를 찾고 있는데, 무언가가 시현이의 입을 막고 근처 가게로 끌고 갔다.

"읍! 누구냐!"

"나야, 장현수! 그렇게 소리치면서 다니면 어떡해! 그러다 잡혀가려고?"

"미, 미안. 그보다 너는 괜찮아? 동생은 어떻게 된 거야? 왜 혼자 있어?"

그러자 현수가 망연자실한 표정으로 고개를 숙인다.

"현수야? 어떻게 됐냐니까?"

"동생은… 체포당했어."

그 순간 가게의 문이 흔들렸다.

"여기 있는 거 다 알아! 좋은 말로 할 때 나와라. 안 그럼 부수고 들어간다."

잠시 후 가게의 문 앞이 소란하다. 이어서 삐- 삐- 하는 소리가 났다. 이 소리는 폭탄이다!

"현수야, 지금은 슬퍼할 때가 아니야. 어서 도망쳐야지! 여기서 잡히면 네 동생의 복수도 할 수 없다고."

"시현아… 먼저 가. 난 괜찮아."

"무슨 소리야! 친구를 버리고 가다니, 그건 내가 절대 용납할 수 없어!"

처음엔 천천히 울리던 알람이 점점 빨라진다.

"시간이 없어! 어서 여기서 빠져나가자. 저기에 뒷문이 있어."

"괜찮다니까? 여기서 내가 시간을 끌게. 어차피 너랑 같이 도망쳐도 같이 잡힐 뿐이야."

"잡힐지 말지는 해봐야 알지! 어서 일어나. 이러다 진짜 잡히겠어."

이대로는 안 되겠다 싶어 억지로 끌고 가려는데, 현수는 두 손으로 시현이의 팔을 꼭 잡았다.

"여태까지 너랑 함께해서 즐거웠어. 너는 꼭 살아남아 바꿔줘. 부패한 정부를, 미래의 아이들에게 물려주지 않기 위해."

순간 시현이는 말문이 막혔다. 현수의 눈에는 이미 결심한 듯한 눈빛이 어른거리고 있었기 때문이다.

"…알겠어."

시현은 현수를 두고 뒷문으로 도망쳤다. 정신없이 달리다 보니 어느새 사람들이 다니는 길가에 도착했다. 눈물이 흘렀다. 아무것도 할 수 없는 시현은 자신에게 너무 화가 났다. 그리고 이 세상이 너무 증오스럽게 느껴졌다. 행복했던 날들을 한순간에 부수어 버린 세상이 미웠다. 하지만 시현은 포기하지 않았다. 똑같이 부숴버리겠다고 마음속으로 깊게 다짐했다. 평화로운 일상을 가져가버린 세상에 꼭 복수할 것이다.

그 일이 일어나고 일주일 뒤, 시현은 다시 평범한 일상으로 돌아왔다. 지난날 일어났던 폭동은 사람들의 기억 속에서 점점 잊혀갔다. 세상은 이 일이 충분히 일어날 일이었다는 듯이 빠르게 돌아가고 있었다.

"아이고, 삭신이야. 진짜 힘들어 죽겠구만."

오늘도 뼈 빠지게 일을 하고 있는데, 저 멀리 한 사람이 무슨 일이라도 있는지 같은 장소를 계속 왔다갔다하며 안절부절못하고 있었다.

"무슨 일이시죠? 저희에게 어떤 용건이라도 있으십니까?"

먼저 다가가서 말을 걸자 안절부절못하던 그 사람은 이제 살았다는 표정으로 시현이에게 다가왔다.

"아, 그게… 제가 이번에 새로 온 사람인데 다들 열심히 일하시길래 말을 걸 틈이 없어서요. 어떻게 하면 좋을까요?"

"아, 신참이었구나. 일단 그러면 저기 나무판자 위에 앉아있는 사람 보이지? 감독관님이야. 저 사람에게 가서 인사하면 될 거야."

"알겠습니다! 혹시 이름을 가르쳐주실 수 있으신가요? 아, 제 이름은 서윤하입니다."

"이름? 내 이름은 한시현이야."

시현이는 이제 더 할 말이 없다고 생각해서 자기 일을 하려고 등을 돌리는데, 한 번 더 윤하는 시현이를 붙잡았다.

"혹시 뭐라고 불러야 될까요? 마땅한 호칭이 떠오르지 않아서…"

"뭘 또 호칭까지, 그냥 선배라고 불러."

그러자 윤하는 알겠다고 답한 후 감독관에게 성큼성큼 다가갔다. 실수라도 하진 않을까 멀리서 쳐다보고 있는데, 다행히 인사는 제대로 한 것 같다.

"그럼 나도 마저 일이나 해볼까."

기지개를 켜며 시현이는 다시 작업에 몰두했다.

"처음 뵙겠습니다. 이번에 새로 들어온 서윤하라고 합니다. 나이는 올해로 열아홉 살입니다. 아무쪼록 잘 부탁드립니다."

"신참이냐? 그렇다면 아직 모르는 게 많을 테니 저기 까까머리 보이지? 걔가 다 알려줄 테니 저기로 가봐."

일이 거의 다 끝나갈 때쯤, 아까 본 녀석이 시현에게 다가왔다.

"안녕하세요, 선배! 또 뵙네요."

"뭐야, 아까 너잖아. 나한테는 왜 왔어?"

"감독관님이 선배에게 가보라고 하셔서요. 선배가 일을 가르쳐 주실 거라고 하셨습니다."

순간 시현이는 감독관을 쳐다봤다. 그러자 보란듯이 싱글벙글 웃는 얼굴로 감독관이 시현이를 쳐다보더니 다시 고개를 돌렸다.

"선배, 무슨 일 있으세요? 표정이 안 좋아 보이는데."

"아냐, 아무 일도 없어. 그것보다 빨리 일이나 시작하자."

자기가 할 일을 나한테 맡기다니… 후, 그래도 난 자비로운 사람이니까.

마음속으로 자기합리화를 하며 시현이는 차근차근 윤하에게 일을 가르쳐 주었다.

"선배, 이렇게 하면 될까요?"

"음, 그렇지. 그렇게 하면 돼."

생각보다 윤하는 시현이의 말에 잘 따라 주었다. 열심히 일을 하고 있는 윤하를 보니 시현이는 꼭 예전의 자신이 떠올랐다. 그때 난 제대로 일을 하지도 못했는데…. 물론 시현이를 담당했던 사람이 일을 너무 많이 시킨 것도 있었지만 워낙에 시현이는 일하는 요령이 없었기 때문에 항상 핀잔이나 꾸중을 들었다.

"선배! 다 끝냈습니다."

한창 옛날 일을 추억하고 있는데 그사이 일을 끝낸 윤하가 시현이에게 말했다.

"그래? 이제 갈 시간도 되었고, 슬슬 퇴근해 볼까?"

물론 일을 더 시켰을 수도 있었지만 시현이는 그러지 않았다. 이 사회에 깊게 뿌리박힌 차별과 갑질을 조금이라도 없애려고 노력하기 위한 이유도 있겠지만 자신이 처음 들어왔을 때처럼 고생하지 않게 만들고 싶은 마음도 있었기 때문이다.

"알겠습니다. 선배님! 근데 집이 어디세요?"

"나? 저기 큰 골목 돌아서 횡단보도 세 개 건너면 되는데."

"마침 집도 같은 방향이네요! 같이 가시죠. 선배."

행복해 보이는 얼굴로 휘파람을 불며 길을 걷는 윤하의 뒷모습을 보고 있자니, 시현이는 대뜸 윤하의 속사정이 궁금해졌다. 과연 저 싱글벙글한 표정 속엔 어떤 일들이 있었을까? 아마 윤하의 기분이 상할 게 분명했다. 나쁜 기억을 꺼내기가 매우 힘들다는 건 시현이 자신도 잘 알고 있다.

"저기, 하나만 물어볼 게 있는데."

"넵! 선배님 무엇이든지 물어보세요."

"너는 어떻게 해서 여기 오게 됐어?"

"제가 여기 온 이유요? 딱히 별거 없는데… 선배님이 듣고 싶어하시니까 말하는데 별로 재미있지는 않으니 그냥 들어주세요."

윤하는 잠시 생각을 정리하다가 자신의 이야기를 하기 시작했다.

"저는 정부에서 시행한 제1차 프로젝트의 희생자 중 한 명이에요. 기적적으로 가족은 다치지 않았지만 살 곳을 잃어버려서 오랫동안 노숙자 행세를 하고 다녔어요. 그런데 이번에 정부에서 노동력 증강 계획을 실행한다고 사람을 뽑았는데 우연히 거기에 뽑혀서 이번에 다행히 가족들이 살 곳을 정부에서 마련해줬어요. 참, 그러고 보니 선배가 여기 오게 된 이유는 듣지 못했네요. 선배도 여기 왜 왔는지 얘기해 주실 수 있어요?"

"그래. 근데 조금 길 수도 있는데 괜찮겠어?"

"집도 같은 방향인데 걸으면서 들으면 되죠."

시현이는 30분에 걸쳐 자신이 여기에 오게 된 이야기를 윤하한테 들려주었다. 윤하는 시현이의 사정이 생각했던 것보다 많이 나빴는지 듣는 내내 놀란 기색을 감추지 못했다.

"그렇게 돼서 여기까지 오게 된 거야."

"참 많은 일을 겪었네요, 저는 도저히 상상도 못 했어요."

"결국 다 지나간 일들일 뿐이지. 과거에 얽매여 있으면 미래를 볼 수 없어."

"그러면 선배는 미래에 어떤 걸 하고 싶으신데요?"

"나? 나는 말이지…."

이걸 아무한테나 말해도 되나? 내가 신뢰할 수 없는 사람에게 말했다간 어떤 일이 일어날지 몰라. 그리고 아직 확실한 계획도 없는데 함부로 말했다간 허세 부리는 사람으로 보일 수도 있어.

오랫동안 시현이가 말을 하지 않자 윤하는 의아한 표정으로 시현이의 몸을 살짝 흔들었다.

"선배? 왜 말이 없으세요?"

"아, 내가 무슨 얘기를 하고 있었지?"

"선배가 선배 미래에 대해서 말하려고 하셨잖아요. 근데 갑자기 중간에 말을 멈추셔서…."

"미안, 잠시 생각 중이었어."

"말하고 싶지 않으시면 얘기 안 해도 돼요."

시현이는 황급히 손을 내저으며 말했다.

"아냐, 아냐. 말 못 할 이유가 어디 있겠어? 나는 미래에 큰 부자가 돼서 내 이상형이랑 결혼하고 행복한 삶을 살 거야."

그러자 윤하는 어이없다는 표정으로 시현이에게 말했다.

"음, 그렇게 오래 고민해서 생각해 낸 게 그거였어요? 너무 식상한 거 아니에요?"

"뭐? 우리 이제 하루 본 사이야. 벌써 농담할 짬이 생겼어?"

"알겠어요, 선배. 저는 장난도 못 쳐요?"

시현이가 목소리를 높이자 윤하도 날카로운 말투로 대꾸했다.

"쏘리, 화낸 건 미안. 근데 넌 미래에 도대체 뭘 할 건데 내 꿈이 식상하다는 거야? 한번 들어 보자."

의기양양한 표정으로 시현은 윤하를 바라봤다. 하지만 곧 시현이의 얼굴은 믿을 수 없다는 표정으로 바뀌어 갔다.

"흠… 저는 이 정부를 무너뜨리고 썩어빠진 나라를 고치고 싶어요."

"뭐? 농담이지? 농담이라도 그렇지, 아무 말이나 해서는 안 돼."

"저는 진심이에요, 선배."

윤하는 시현이를 똑바로 바라봤다. 그때, 시현이의 머릿속에 한 가지 생각이 스쳤다.

'이 익숙한 눈빛은 뭐지? 어디서 봤더라? 맞아. 이 눈빛은… 현수, 현수의 눈빛이었어.'

시현은 잠시 현수의 얼굴을 떠올려보고 물었다.

"만약 네가 진심이라면 계획 같은 거라도 세웠어?"

"아뇨, 하지만 마음만큼은 확실해요. '실행된 작은 행동이 계획된 큰 행동보다 낫다'라는 말도 있잖아요? 그래서 저는 작은 것부터 차근차근해 볼 생각이에요."

이런저런 얘기를 하다 보니 집 근처까지 도착했다.

"어이쿠, 벌써 집에 다 도착했네? 그럼 내일 보자."

"저는 조금 더 걸어가야 해서, 그럼 다음에 봬요. 선배."

집으로 걸어가는 윤하의 뒷모습에 손을 흔드는 시현의 머릿속에는 많은 생각이 교차했다.

'정말 내가 세상에 복수한다고 다짐한 게 맞을까? 고작 열아홉 살짜리 어린애도 저렇게 단단히 마음을 먹었는데, 사람을 신뢰할 수 없다는 이유로 내 꿈을 말하지도 못해?'

자신이 한없이 부끄러워진 시현은 감기지 않는 눈을 억지로 감으며 잠이 들었다.

다음 날 아침, 새벽까지 잠을 설친 시현은 피곤한 눈을 비비며 오늘도 어김없이 일터에 나갈 준비를 했다. 두려움을 떨치려고 오늘은 평소보다 30분 더 일찍 출근하는데 무슨 일인지 넓은 공사장에 사람이 아무도 없다.

"오늘은 왜 아무도 없지? 내가 너무 일찍 나왔나?"

원래는 감독관이 제일 먼저 출근하는데 오늘은 감독관조차도 보이지 않았다. 그런데 저 멀리서 사람의 형상이 이리로 뛰어오는 게 보였다.

"야! 너 거기서 혼자 뭐 하고 있어?"

"엇? 감독관님 아니십니까?"

감독관은 재촉하는 말투로 나에게 말했다.

"지금 우리 파업하는 거 몰라? 너도 어서 와! 지금 정부에서 보낸 폭도들이랑 우리 쪽 사람들이랑 충돌해서 부상자가 속출하고 있다고!"

"네? 근데 파업은 왜 하는데요?"

그러자 감독관은 어이없다는 표정을 지으며 내게 말했다.

"너 정부에서 발표한 거 못 들었어? 지금 정부가 노동자들 시급 줄이고 정부에서 준 집들 다 나가라고 해서 아주 난리도 아니야."

그때 시현이의 머릿속에 한 가지 생각이 스쳤다.

'윤하? 윤하는 어디 있지?'

시현이는 황급히 돌아가는 감독관을 붙잡고 말했다.

"감독관님! 윤하는 어디 있습니까? 서윤하 말이에요!"

하지만 감독관은 모르는 눈치인지 고개를 기울였다.

"최근에 새로 온 애 말이에요! 열아홉 살짜리 신참 생각 안 나요? 저한테 떠넘기셨잖아요."

시현이가 황급히 부연 설명을 덧붙이자 그제야 생각난 듯 감독관이 손가락으로 저 멀리 뒤쪽을 가리킨다.

"아, 걔? 아까 부상자들 옮기는 거 도와준다고 저쪽으로 달려가더라. 혼자 가기에 위험하다고 말리긴 했는데 그냥 갔어."

시현은 헐레벌떡 감독관이 가르쳐준 곳으로 달려갔다. 저 멀리 땀범벅이 되어있는 윤하가 앉아서 숨을 고르고 있었다.

"야! 서윤하, 너 괜찮아?"

"선배 오셨어요?"

윤하에게 상황 설명을 들은 시현은 사람들을 도와 다친 사람들을 실어 나르기 시작했다. 파업은 저녁까지 계속됐고, 양쪽 모두가 많은 사상자를 만들었지만 정부 쪽 사람들이 먼저 도망가면서 노동자 쪽 사람들이 이겼다.

"윤하야, 안 무서웠어? 이런 위험한 일을 망설임 없이 바로 도와주러 오다니 너 좀 멋있다?"

"선배도 참, 제가 어제 말한 거 잊었어요? 저는 그저 '작은 행동'부터 시작하려고 했던 것뿐이에요. 제 꿈을 이루려면 지금보다 훨씬 위험한 일이 미래에 많을 텐데 고작 무섭다는 이유로 행동으로 옮기지 않는다면 나중에 도대체 무엇을 할 수 있을까요?"

그 말을 들은 시현이는 가슴속 깊숙이 자신을 옥죄고 있던 무언가가 뻥 뚫리는 기분이 들었다.

'맞아. 왜 진즉에 나는 행동으로 옮기지 않았을까? 일단 지금이라도 내 꿈을 윤하에게 말해야겠어. 그게 내가 첫 번째로 해야 할 행동이야.'

"윤하야. 내가 저번에 못다 한 말이 있는데, 사실 내 꿈은 말이야…"

그러나 그때와 같이 이번에도 예상하지 못한 답이 윤하의 입에서 나왔다.

"알고 있어요, 선배. 선배도 이 정부에게 복수하고 싶죠?"
"뭐야! 너 어떻게 알았어?"
"선배 얘기해줬을 때부터 알았어요. 선배 표정에서 다 드러나는데 어떻게 모를 수가 있어요? 아주 증오로 가득 차 있던데."
시현이는 윤하의 머리를 한 대 쥐어박는 시늉을 했다.
"이 자식! 이게 할 말이 있고 못 할 말이 있지!"
그러자 윤하가 한쪽 눈을 감고 혀를 내밀며 도망간다.
"그렇게 화나시면 한번 잡아 보시던가요!"
도망치는 윤하를 붙잡으러 달리는 와중에도 시현이의 입은 활짝 웃고 있다.
'오랜만에 느끼는 행복이라 그런지 더 즐거운걸. 하지만 이런 평화로운 일상을 또 빼앗기지 않으려면 끊임없이 꿈을 위해 노력해야겠지.'
아직 끝난 게 아니야. 이건 단지 시작일 뿐이라고. 진짜는 지금부터다.

고 은 성

아픔의 실

아픔의 실

내 이름은 김성은. 나는 왕따다. 능력이 없는 왕따. 30년 전부터 모든 사람은 능력을 가지게 됐다. 그러나 나는 아직 능력이 발현되지 않았다.

난 고아다. 어릴 때 사고로 부모님을 떠나보내게 되었다. 그래도 열심히 살았다. 두 분의 몫까지 살겠다고 다짐했었으니까. 그러니까, 고등학교에 들어가기 전까지는 말이다.

***

눈을 뜨자마자 따듯한 햇빛이 나를 감싸 안았다.

"몇 시지?."

시계를 보니 7시 50분이었다.

"아 조졌다. 학교 어떡하지."

나는 학교를 가는 게 무서웠다. 왕따이기 때문이다. 일단 집을 나와 학교로 뛰었다. 따뜻하고 선선한 부드러운 바람이 불었다. 자유로운 공기, 무엇에도 구애받지 않는 바람.

학교에 도착하고 들어가기가 꺼려졌다. 1학년 4반이 나의 반이다. 문을 열고 들어가자 보이는 얼굴 이민정. 나의 담당 일진이다. 이민정은 1등급 능력의 소유자이다. 그에 비해 나는 능력이 없어서 그녀는 나를 벌레 취급을 하듯 괴롭혀왔다.

어김없이 이민정이 말했다.

"야 벌레. 빨리빨리 와야지."

"미, 미안 늦잠을 자서."

이민정은 재미있다는 듯 웃었다.

"그러면 내가 '그렇구나' 해주면 되는 거야?"

"미안해 봐줘…."

"지랄. 야, 8시 42분에 왔으니까 열두 대만 맞자."

열두 대라는 말은 형식적인 숫자였다. 이민정에게는 나를 합법적으로 때릴 수 있는 수단에 불과하다. 이민정은 이(異) 공간에서 너클을 꺼내 키득거리며 나를 때렸다. 열두 대가 넘어가도 계속해서 주먹을 내질렀다.

난 맞으면서 아무런 반응조차 할 수 없는 내가 너무 미웠다. 내가 싫었다. 나를 증오 했다.

여느 때와 같이 커터칼을 집어 들었다. 칼 심을 드르륵 꺼낸 나는 무슨 표정인지도 모를 표정으로 울며 내 손목을 도화지 삼아 상처라는 먹을 그렸다. 피가 자유로운 듯 손목을 타고 흘러내렸다. 나는 울었다. 울고 또 울었다. 내가 너무 미워 울었다.

"아 ×발 김성은!!! 김성은!!! 김성은!!!"

"이 ×신 새끼야!!!!!"

푹.

커터칼을 손목 안으로 찔러 넣었다. 그리고 쓰러졌다.

헉.

깜짝 놀라며 몸을 일으켜 세웠다. 눈을 뜨고 보니 벌써 며칠이나 지나있었다. 일요일 오전 5시. 아무렇지 않은 내가 이상했다.

"분명 나는 손목을."

손을 보니 무슨 일이 있었냐는 듯 멀쩡한 모습 그대로였다. 당황스러웠다.

"난 분명 손목을 찔렀는데…."

무서웠다. 하지만 다시 시험해보려 한다.

"한번만 다시 해보는 거야."

가쁜 숨을 내쉬며 단번에 베었다. 베인 곳이 열매 열리듯 벌어졌다. 그리고 이내 벌어졌던 곳이 붙으며 원래의 형태로 돌아왔다. 아니, 자세히 말하면 엉겨붙었다. 상처가 벌어진 곳에서는 피 대신 실 비슷한 것이 나오더니 엉겨붙으며 손목을 원래 상태로 회복시켰다. 순간 당황하긴 했지만 나는 너무 기뻤다.

능력을 측정하는 곳.

열두 살에 왔을 때는 절망했지만 지금은 다르다고 생각했다. 하지만 이번에도 나는 절망한 사람의 표정을 하고 터벅터벅 집으로 향했다.

"능력이 없는데요?"

이 한마디가 내 머리 한편에 자리 잡았다.

풀썩.

침대가 덜컹하는 소리를 냈다. 베개에 푹 파묻힌 내 머리는 곧 전원을 꺼버렸다.

꿈을 꾸었다. 부모님과 놀이동산에서 놀고 있는 내가 보였다. 그곳에 있는 나는 즐거워 보였다. 현실의 나도 꿈처럼 되고 싶다.

이제는 이루어질 수 없는 꿈이다. 그러나 다시 한번 다짐했던 날들을 떠올려보았다. 나는 능력이 없어도 이 다짐만 있으면 견딜 수 있다고 또 한 번 결심했다.

어김없이 학교로 향한 내 발걸음은 그 어느 때보다 가벼웠다. 교실에 들어가고 문 앞 책상에 앉아있는 이민정이 더이상 무섭지 않았다.

이민정이 내게 물었다.

"야, 학교를 째다니 각오는 하고 그런 거지?"

천천히 이민정이 나에게 다가왔다.

학교가 끝나고 이민정은 음산한 분위기가 풍기는 공사장으로 나를 데리고 갔다. 맞았다. 피가 나올 정도로 맞았다. 너클로 때린 내 얼굴에는 멍이 자리 잡았다.

무슨 깡이었는지 모르겠지만 그때 나는 이민정이 너무 우스워서 웃었다. 그러자 이민정은 내가 웃는 모습에 화가 났는지 이(異) 공간에서 야구 배트를 꺼냈다. 강하게 내 머리에 내리꽂은 야구 배트는 '깡' 소리를 내며 날아갔다. 그러자 위험을 느낀 내 몸을 실이 감싸기 시작했다. 그러다 툭 끊어지듯 의식이 끊겼다.

정신을 차리고 보니 집으로 돌아와 있었다. 무슨 일인지 이해가 안 됐다. 침대에서 일어난 나는 어제 일을 다시 생각해보았다. 그렇지만 어제 일은 눈앞을 안개가 가린 듯 기억나지 않았다.

일단 다시 잠을 청하기에는 늦은 시간이기에 야식을 먹기로 했다. 라면을 주워들고 대파를 썰어 넣어 먹으려고 칼을 집어 들어 대파를 썰기 시작했다. 뿌리 부분을 손가락을 말아 잡고 칼을 대려고 하다가 멈칫했다. 파를 보는 눈의 초점이 흐려졌다. 어제의 기억이 확 하고 내 머릿속을 비집고 들어왔다.

번데기가 고치에서 나오듯 실 안에 감싸 있던 나의 능력이 폭주하기 시작했다. 무슨 능력인지도 몰랐던 나였지만 이것 하나만큼은 확실히 알 수 있었다. 내가 가진 능력은 사람을 죽이고도 남는 힘이란 것을.

이민정은 절대 약하지 않았다. 능력이 3개가 있는 1등급 능력자이기 때문이다. 그러나 폭주한 내 몸은 멈추는 방법을 몰랐다. 피처럼 붉은 실은 어디로 향할 줄 모르고 요동쳤다. 채찍처럼 휘둘리는 실은 이민정의 무리를 내던지며 벽에 처박고 있었다.

벽에 처박힌 이민정은 기절하기 직전처럼 경기를 일으켰다. 그러자 어린 시절 교통사고로 생긴 손안의 흉터에서 빛이 뿜어 나왔다. 그 빛은 붉은 실을 덮었다. 포근하고 친근하게 다가온 빛이 어제의 기억을 매듭지었다. 이후의 기억은 알 수가 없었다. 어떻게 집에 왔는지 전혀 기억나지 않는다.

손바닥을 펼쳐보자 매일 보던 손바닥이었다. 특별히 빛이 나는 것도 아닌 흉터가 있는 손바닥이었다. 특별할 것 없는 토요일. 나는 이 능력이 위험하다는 걸 알게 됐다. 그리고 어째서인지 이제는 실을 막 다룰 수 있다. 이 흐느적거리는 실이 생선이 문 낚싯줄처럼 팽팽해지면 사람을 죽일 수도 있다는 것이다. 위험하다는 것을 알지만 한편으로는 행복했다. 이민정에게 복수 할 수 있다고 생각하니 실이 요동쳤다.

일요일 밤. 기쁘면서도 짜증 나는 이상한 기분이다.

"이민정이 나를 보면 어떤 표정을 지을까?"

나는 중얼거리며 이민정의 표정을 상상해 보았다. 상상하면 할수록 짜증 났다. 이민정에게 복수할 생각에 빨리 잠자리에 들었다.

그리고 이상한 꿈을 꾸었다. 나는 걷고 있었다. 걸을수록 발걸음이 무거웠다. 더이상 발을 뗄 수 없을 만큼 무거웠다. 마치 발바닥이 땅에 박힌 듯 움직이지 않았다. 조용히 들려오는 목소리가 귀에 들렸다.

"성은아, 강한 힘에는 책임이 따른단다. 그리고 힘으로 갚아주면 그건 되돌아와 너를 상처 입힐 거야. 엄마와 아빠는 성은이를 믿고 있어…."

'믿고 있어'라는 목소리를 끝으로 꿈에서 깨어났다.

6시.

아직 이른 새벽 나는 손바닥을 꽉 쥐었다. 어제의 꿈을 생각하며 침대에 누워있었다. 부메랑 부메랑은 던지면 다시 돌아온다. 그렇지만 잘못 잡아 놓치면 다칠 수 있다. 그렇기에 주의가 필요하다. 힘은 칼날과 같다. 칼로 아름답고 맛있는 요리를 만들 수 있지만 사람을 죽일 수도 있기 때문에 양날을 가지고 있다. 그래서 더욱 주의해야 한다. 힘에는 책임이 따르기 때문이다.

6시 30분.

문득 바깥 공기가 마시고 싶어졌다. 나가서 공원을 달렸다. 달리고 보니 평소에는 오지 않는 곳으로 와버렸다. 오르막길을 따라 올라가 보니 공원이 나왔다. 그곳에서 내려다본 마을은 한눈에 들어왔다. 아름다운 풍경이 따뜻했다. 너무 따뜻해서 눈물이 나왔다. 잊었던 기억이 돌아온다. 눈에서 눈물을 쏟아냈다. 너무 그리워서 엄마의 품처럼 따뜻해서 펑펑 울었다.

"엄마, 여기 너무 이뻐요."
"엄마와 아빠의 비밀장소야."
"이제는 나도 아는데."
엄마는 미소를 지으며 말했다.
"그렇네, 우리 성은이…."
"성은아, 이제 해가 뜬다."
아빠는 나를 업고는 말했다.
"성은아, 아빠랑 엄마가 많이 사랑해."

기억이 돌아오면서 마음이 가벼워질 때까지 눈물이 내 뺨을 타고 흘러내렸다. 어째서인지 가슴이 후련해지는 것 같았다. 눈물을 닦고 미련 없이 학교로 발걸음을 돌렸다. 교실로 들어간 나는 이민정을 마주하였다. 이민정과 그 무리가 나를 둘러쌌다. 점점 압박해오는 무리와 이민정을 보며 생각을 했다.

'이런 우리도 친구가 될 수 있을까?'

순간 내 몸 안의 실이 촥 펼쳐지며 돔의 형태를 만들었다. 아까 그 장소의 기억을 떠올리며 손바닥을 펼쳐 보였다. 빛이 은은하게 맴돌고 있었다. 그리고 더욱더 강하게 손바닥을 쥐었다.

피가 나올 정도로 세게 콱 쥐었다. 은은했던 빛이 교실 전체를 덮었다. 그리고 빛이 걷히고 실은 빛을 머금은 듯, 밝은색 실이 모두를 품으려는 듯, 안으려는 듯했다. 적어도 나는 그렇게 느꼈다.

잠시 후, 실이 만든 돔이 서서히 빛을 잃어 가고 있었다.

"가지 마."

"가지 마!"

"엄마! 아빠!"

서서히 빛을 잃어가는 돔을 보며 또 한 번 엄마를 잃은 기분이었다. 그때 엄마와 아빠의 형체가 또렷이 보였다.

"성은아, 아빠 말 기억하지?"

"우리는 계속 성은이를 사랑할 거야."

"건강하렴. 우리를 사랑해줘서 고마워."

"성은아, 씩씩하고 자신감 있게 살아가."

"엄마가 잘 지켜보고 있을게. 그 흉터를 통해…."

잔 빛이 내 손바닥 안에서 서서히 사라져 가고 있었다. 그리고 이민정의 무리는 천천히 흩어져 갔다. 눈물이 나올 것 같았지만 웃으며 넘기려고 노력했다. 웃으며 광대가 올라가 내 눈 밑을 건드리자 눈물 두 방울이 내 뺨을 동시에 타고 손등 위에 툭 떨어졌다.

눈물이 얼마나 무겁던지 아파서 또 눈물이 나왔다. 눈물이 왜 이렇게도 무겁게 느껴지는 잘 모르겠다.

나는 엄마와 아빠 사진 앞에 꽃을 두 송이 내려놓았다.

"엄마 아빠, 지켜봐 주세요."

이 말과 함께 꽉 쥔 내 손을 보며 웃음을 지었다.
"이 능력, 엄마 아빠가 마지막으로 준 선물. 잘 간직할게요."
이 말을 끝으로 이 연극의 막을 내린다.

박 한 석

성실한과 진지한

성실한과 진지한

"2020년, 대망의 연예대상의 주인공은… 성실한!"

"2021년, 대망의 연예대상의 주인공은… 진지한!"

"성실한!"

"진지한!"

"성실한!"

이렇게 지금 대한민국에서 연예대상 수상자의 주인공은 바퀴벌레가 멸종하지 않는 한 드라마 배우 성실한 아니면 영화배우 진지한이다. 이들이 출연한 작품은 방영할 때마다 전국이 들썩이며 초대박을 치는가 하면, 해외의 팬층도 굉장히 두텁고, 도시의 중심가를 지나갈 때면 온갖 장소에 빼곡히 붙은 이 두 사람의 얼굴은 광이 멈출 줄을 모르며, 대한민국 사람이라면 모두가 동경하고 사랑하는 대한민국 최고 연예인들이다.

이 모든 것은 이들이 공통적으로 가지고 있는 특징 덕분이다. 이들은 모두 자신들이 가지고 있는 다양한 매력들을 대중들에게 보여준다. 이를테면, 본업인 작품 안에서는 배우로서 완벽한 연기를 선보임으로써 지나가던 똥개도 참고 있던 자신의 응가를 주체하지 못할 정도의 카리스마와 남성미를 보여주어 사람들의 마음을 야무지고도 남녀노소 가리지 않고 맛깔나게 빨아먹고, 예능에 출연하게 되었을 때는 자신들의 본업인 작품 안에서 보여 왔던 무게감 있고 이상적이고 말수도 많지 않은 그러한 분위기의 캐릭터와는 상반된 그들의 실제 성격인 깜찍 발랄하고 굉장히 파이팅 넘치며 재밌는 캐릭터를 선보이면서 반전 매력들을 보여준다. 이런 이들에게 어떤 사람이 안 홀릴 수 있겠는가(당연히 일부 열등감에 찌들어 빠져 사는 사회 부적응자들은 제외하고).

사람들은 당연히 이들이 지금 모습처럼 태어났을 때부터 멋지고 순탄한 인생을 살아왔을 것으로 추측한다. 그러나 과연 그럴까? 일단 성실한과 진지한은 믿기 어렵겠지만 놀랍게도 중학교 동창 사이이다. 지금부터 이 두 사람의 원래 모습이 담겨 있는 학창 시절로 시간을 거슬러 올라가 보기로 하겠다.

***

"야! 성실한! 내가 오늘 진짜 피치 못할 사정 때문에 아침을 굶고 왔거든? 그러니까 빵 좀 사 와라."

"시, 싫, 싫어."

오늘도 어김없이 성실한은 소극적으로나마 거절 의사를 표현한다.

네가 네 사정 때문에 아침을 굶고 온 건데 왜 내가 빵셔틀을 하면서 그것을 해결해줘야 한다고 생각하지? 너는 사고방식의 수준이 이렇게밖에 안 되는 것으로 보아하니, 정상적인 부모 밑에서 자란 것은 아닌 것으로 보이는구나.

내가 너의 심리상태를 파악해줄게. 네가 왜, 어떠한 이유로 무의식에서 나오는 그런 행동들을 하게 되는지. 그 이유는 이것으로밖에 설명이 안 되지 않을까? 너는 학교 성적도 나락이고 하는 짓도 불량하고 집안 형편도 좋지 않아. 너는 너의 인생에 주어진 이러한 삶의 환경들을 받아들이기 어려울 거야. 그러니 너는 굉장히 자존감이 낮아져서 '나는 왜 이렇게 살까, 왜 이거밖에 안 될까?' 하는 생각에 파묻히겠지. 자존감이 낮아질 대로 낮아져버린 너로서는 이

것을 어떤 방법으로라도 해소하며 자신이 마치 높은 위치에 있는 사람이라는 착각을 불러일으키고 싶은 거지. 그렇게 생각해낸 게 이 두 가지 방법이 가장 쉽고 효과적인 방법들이니까. 네가 학교에서 만만해 보이는 애들을 무시하듯 행동하고 선생님에게도 대들며 마치 자신이 주인공이나 된 것처럼 혼자 착각에 빠져 멋대로 행동하며 자존감을 끌어올리려고 하는 행동들 말이야.

두 번째는 당연히 인터넷상이겠지? 인터넷상의 대표적인 특징인 서로 누구인지 알 수 없는 비대면성과 익명성을 이용하여 잘나가는 연예인을 보기만 하면 배가 너무 아파 설사가 날 정도이니, 그 연예인에 대해 트집 잡을 것이 조금이라도 있으면 끝까지 트집 잡아 악플을 수도 없이 달고, 그 연예인에 대해 억지로 깎아내리기, 일명 '억까'까지 하면서 악플을 다는 거야. 그래봤자 그 연예인의 인생과 너의 인생에 생기는 변화가 1도 없을 텐데도 불구하고 현실 세계에서의 가득 차 있는 열등감과 자존감이 나락으로 떨어져 있는 너 자신을 위로하기 위해 이러한 행동들을 하게 되는 거겠지, 안 그래? 너 같은 애들은 그냥 무시하는 게 맞아. 내가 왜 너 같은 애들 상종해주면서까지 너를 위로해줘야 하지? 네가 이래봤자 달라지는 건 하나말고는 없어, 너 자신의 가치가 더더욱 낮아지는 것 하나말고는. 그러니까 널 위해서 하는 말이야. 인생 그렇게 살지 마.

오늘도 성실한은 속으로는 이렇게 사이다 같은 말을 순식간에 써 내려갔지만 진지한이 가볍게 손으로 때리는 시늉을 하자 탄산이 빠지듯 군말 없이 빵을 사러 매점으로 뛰어간다. 성실한은 중학교 입학부터 알아 왔던 진지한 무리에게 현재 중3까지 계속 괴롭힘당하며 학교 생활을 해왔다.

어느 날은 이런 일도 있었다. 학교가 끝난 후 하교하는 길에 진지한 무리가 성실한에게 다가오더니 골목으로 끌고 가서 성실한을 무작위로 폭행한 것이다. 그리고는 잘 움직이지 못하는 성실한을 알몸 상태로 옷을 벗겨놓고 중요 부위까지 노출된 상태로 사진을 찍어 가져가게 된 것이다. 그 일 이후로 진지한 무리는 성실한을 더 심한 강도로 괴롭히며 까딱하면 그 사진으로 협박하는 등 정말 악마같이 행동했다. 성실한은 그 사진이 퍼지는 것만은 바라지 않았기 때문에 진지한이 시키는 대로 말을 잘 들을 수밖에 없었다. 다행히 그 사진이 퍼지는 일은 일어나지 않았지만 성실한은 그 과정에서 평생 다시는 겪을 수 없을 것 같은 심리적 고통을 받았으며 마음 한구석에 크나큰 상처를 입었다.

그렇다. 진지한은 학교에서 무서울 것이 없는 일진 학생이었고, 성실한은 일진들에게 항상 괴롭힘을 당할 타깃이 되는 착하고 말수도 많지 않고 공부를 아주 잘하는 모범생이었다. 그런 성실한에게는 어렸을 때부터 가지고 있던 꿈이 하나 있었다. 성실한은 원래부터 소심한 성격을 가지고 있던 나머지 미래에 자신이 어른이 되면 지금 모습과는 다른 배우로서 멋지고 당당하게 사는 자신의 모습을 떠올리며 꿈꿔왔다. 그렇지만 성실한은 체격이 왜소하고 얼굴도 평범해서 배우에 적성이 완전히 들어맞는 것은 아니었다. 하지만 평소 생활 태도와 됨됨이가 뛰어난 등 그 누구보다 훌륭한 인격과 인품을 가지고 있으며 성실한 특유의 멋있고 분위기 있는 성격 덕분에 여자아이들로부터 팬클럽도 생기고 항상 둘러싸여 지내며, 선생님들에게도 예쁨 받는 학생이었다. (일진들이 유독 성실한만 집중적으로 괴롭힌 이유) 그렇지만 여자와 연애에는 관심이 없어 주로 혼자 다니며 자신의 철학대로 자신이 옳다고 생각하는 대로 행동하며 학교생활을 했다. 대체로 성실한은 이런 학생이었고,

이제 진지한에 대해 자세히 알아보자.

진지한은 집안이 금수저라 성실한과는 다르게 온갖 명품들을 걸치고 다니면서 아이들의 기를 죽이고 다니는 데 재미가 들려있었다. 또 금수저다 보니 배우가 꿈인 진지한을 부모님도 적극적으로 밀어줘서 중학생일 때, 아역배우 활동도 하고 있었다. 특히 진지한의 성격은 굉장히 이기적이고 남을 무시하는 게 몸에 배어있는 데다가 평소에도 입만 열고 귀는 봉쇄해버리는 태도를 가지고 있듯이 정상적인 사람이 보았을 때 멀리하고 싶은 성격을 가지고 있었다. 그렇지만 진지한은 배우와 적합한 큰 키와 잘생긴 외모를 가지고 있었고, 아역배우로서 활동하면서는 원래 본인 성격은 깊숙이 숨겨두고 가식적으로 순수하고 친절하고 착해 보이며 열정 있는 모습을 보여 주면서 뛰어난 연기력을 선보여 얼마나 훌륭한 배우로 성장할지 연예계에서 관심이 쏠리고 있었다. 이랬던 진지한은 다시 밖으로 나오면 완전히 다른 사람이 진지한의 몸속에 들어온 것처럼 다른 인간이 되어버린다.

어느 날에는 여교사인 진지한의 담임 선생님이 자신의 몸이 어느 정도 노출되는 차림으로 등교하셨을 때가 있었는데, 진지한은 그것을 보고 죄책감이라고는 1도 느껴지지 않는 태도로 이러한 말을 담임선생님의 가슴에 꽂아 박는다.

"야 박지현(진지한의 담임 선생님)! 너 오늘 존나 꼴리게 입고 왔다? 학교에서 누굴 꼬시려고 그렇게 입고 왔냐? 지금 네가 입은 그 차림 그대로 클럽으로나 직진하세요."

진지한은 평소에도 박지현을 포함한 여교사들에게 정상적인 사람으로서는 차마 입에 담을 수조차 없을 온갖 성희롱과 언행들을 내뱉는다. 그렇게 박지현과 같이 피해를 받은 여교사들은 진지한으로 인해 지속적으로 스트레스를 받고 힘든 시기를 보내며 현재 중

3인 진지한이 얼른 졸업해버리기만을 바랐다.

4년 후.

성실한과 진지한은 이제 스무 살이 되었다. 형편이 좋지 않아 아역배우로서의 활동을 거치지 못한 성실한은 자신의 불리한 조건을 알고 배달 알바, 편의점 알바, 청소 알바 등 다양한 알바를 쉴 시간 없이 죽을힘을 다하며 연기 학원에 등록하기 위해 열심히 살아간다. 그렇게 한 달 동안 알바만 하며 차곡차곡 돈을 모아 드디어 시내 중심에 몰려 있는 연기 학원들을 돌고 돌아 가장 학원비가 싼 학원에 등록할 수 있게 되었다. 어린 시절부터 꿈꿔왔던 배우가 되기 위하여 성실한은 등록하자마자 자신의 사정을 원장에게 전하고 자신도 몰랐던 성실한 자신의 엄청난 연기 실력을 선보였고, 학원도 성실한의 사정과 재능을 알아보고 다음 달부터는 무료로 다니게 해주며 성실한을 매일 새벽까지 따로 관리해주어 탑 급 실력을 갖출 수 있도록 지도해 주었다. 그렇게 약 1년의 시간이 흘러 21살이 된 성실한은 여태까지 배우가 되기 위해 누구보다 절실했고 열심히 노력하여 그 누구에게도 연기 실력이 밀리지 않을 정도의 자신감 있는 실력을 갖추게 되었고, 오디션에도 합격하여 배우로서 꽃길을 걸을 일만 남았다.

3년 후.

성실한은 순조롭게 오디션에 합격하여 짧은 무명 생활을 거쳤다. 성실한의 간절함과 노력으로 다져진 뛰어난 연기 실력은 워낙 독보적이었기 때문에 다른 신인 배우들에 비해 훨씬 더 일찍 뜨게 된 것이다.

그리고 진지한은 어렸을 때부터 아역배우 활동을 경험하며 남들

보다 일찍 실력을 쌓아 올 수 있었고 키가 190cm, 몸무게 80kg에 달하고 원래부터 잘생겼던 외모도 더욱더 자신의 분위기에 들어맞도록 멋있어졌으며, 이미 '아역배우 진지한'으로 전국에 모르는 사람이 거의 없을 정도로 이름을 알렸기 때문에 무명 생활 따위 없이 역대급 구성 영화들의 주연으로 캐스팅되며 24살의 어린 나이에도 불구하고 대한민국 탑급 배우의 명성을 얻게 되었다.

그렇게 성실한과 진지한은 꾸준히 자신들의 능력과 매력을 발휘하여 예능프로그램과 드라마로 훌륭한 연기력도 대중들에게 인정받아 시간이 흘러 이 둘은 더는 신인으로서의 모습이 아닌 능숙한 명불허전의 연예인으로서 천상계로 향하는 계단에 발을 디디게 되는데….

10년 후.

지금 성실한과 진지한은 대한민국 대표 최고 배우들이다. 5년 동안 연예대상 수상자의 명단은 오직 이 둘의 이름으로만 채워져 있다는 사실만으로도 이를 충분히 납득할 수 있게 한다.

이렇게 이들은 자신들의 분야에서 얻을 수 있는 모든 명성을 얻은 데다 지금까지 모아둔 재산만 해도 일반적인 사람들이 봤을 때는 정말 다른 세계에 사는 사람들인 것처럼 느끼게 할 정도인 수백억에 달한다. 이렇게 서로 비슷한 위치에 오르게 된 성실한과 진지한이다. 이 둘은 모두 천상계의 공기를 마시며 사는 반면에 그 자리를 누리는 방식은 정반대였다. 성실한은 자신이 오른 위치가 자신을 담기에는 너무 큰 그릇이라고 생각하며 항상 자신을 낮추고 타인을 존중했고, 자신의 어려웠던 시절을 떠올리며 재산의 상당한 부분을 여러 단체에 기부하는 등 겸손하고 감사하는 마음을 가지고 모두에게 존경받으며 살아간다.

반면 진지한은 그의 원래 실체가 그렇듯이 자신의 민심이 달린 중요한 자리에서는 항상 바르고 겸손하고 열정적인 사람의 이미지를 보여주지만, 그의 어두운 가면 뒤에 감춰진 얼굴로는 온갖 술 문제, 여자 문제를 달고 살았고 자신에게 주어진 명예와 부유를 자만하며 사람들을 무시하면서 무엇이든 자신이 하고 싶은 대로 하며 호화로운 삶을 산다.

혹시 당신은 약 20년 전 그날을 기억하는 그 사람을 잊지 않았는가? 바로 진지한과 더불어 현재 연예대상을 싹쓸이 하고 있는 대한민국 대표 배우, 왠지 진지한과 어디서 많이 본 것 같은 사람, 아직도 마음의 상처가 아물지 않아 가끔 그때가 생각나면 저절로 분노와 억울함의 눈물이 끓어 올라오는 학교폭력 피해자, 성실한을 말이다.

성실한은 이때를 기다렸다. 자신을 사랑하고 믿어주며 지지해주는 사람들이 수두룩하게 깔려 있고, 대한민국에서 진지한을 모르는 사람이 없는 상태인 바로 지금을.

성실한은 항상 이 순간만을 기다려왔듯 계획대로 자신의 유튜브 채널을 개설한 다음 자신이 과거 학창 시절 진지한에게 겪은 일들을 자세히 설명하고 영상을 유튜브에 업로드한다. 영상의 섬네일 제목은 '저는 진지한의 학교폭력 피해자입니다'.

이 영상은 올림과 동시에 유튜브 인기 급상승 동영상 1위로 올라가고 뉴스 기사에는 이 내용으로 도배되는 등 전국에 순식간에 퍼져나간다. 이 사실을 접하게 된 진지한은 자신은 그런 적이 없고, 전혀 기억이 나지 않는다며 성실한이 폭로한 내용은 전부 거짓이라고 해명하지만 성실한과 더불어 20년 전 진지한에게 씻지 못할 치욕을 당했던 박지현과 여교사들도 진지한의 만행을 폭로하고, 성실한이 진지한에게 괴롭힘당했던 사실 또한 전부 사실이라고 폭로하여 인터넷 커뮤니티로 시작해서 빠르게 퍼진다.

이 진지한 학폭 사건을 시작으로 다른 몇몇 유명 연예인들, 심지어 운동선수들까지의 학교폭력 피해자들도 줄줄이 폭로했다. 사람들의 학교폭력의 심각성에 대한 인식이 더 높아지자 대한민국에는 일명 '학폭 미투 시대'가 열렸다.

이렇게 성실한은 자신의 계획을 결국 성사시킴으로써 이제야 20년 동안 가슴 속에 묵혀 왔던 아직도 아물지 않은 마음의 상처를 씻고 피 끓는 복수의 갈증을 해소하며 자신의 컴퓨터 앞에서 씨익 웃고는 푹신한 침대 위에 털썩 눕는다.

이 준 형

마스크

마스크

인터넷이 생기고 인터넷에 적응된 사회. 온라인은 안 보이는 사회 같다. 사람들이 안 보이지만 사람들과 소통하고 대화할 수 있다. 좋은 점이 있다. 상대방에게 나의 정보를 주지 않고 말을 할 수 있는 것이다.

오늘 날씨는 참 좋다. 번데기에 들어가 있는 애벌레도 날씨가 좋아서 번데기를 찢고 나올 것 같은 날씨다. 하지만 나는 밖에 나가지 않는다. 인터넷 속에서만 사람들을 만나고 인터넷에서 무엇이든 가능하니까.

(메시지 알림)

"인공아, 우리 밖에서 놀자."

갑작스러운 친구의 문자에 나는 머뭇거리다가 답장했다.

"양남아, 우리 온라인에서 놀 수 있잖아. 귀찮게 뭘 나가서 놀아?"

난 단칼에 거절해버렸다.

인터넷에서 사람들을 만나고 대화할 수 있는데, 굳이 밖에 나가야 할 이유가 없었다.

"그럼 새로 나온 게임 있는데 할래?

결국 친구는 밖에서 만나는 걸 포기했다.

10시간 후.

"이 인터넷 게임 재밌다."

"그러게. 그런데 지금 몇 시지?"

난 시계를 보며 말했다.

"벌써 밤이네. 이제 그만하고 자러 가자."

"그래, 내일 봐."

난 자지 않고 SNS에 들어갔다. 여기에서도 사람을 만날 수 있다. 사람들이 자신에 모습을 게시물에 올리는 것을 보는 것도 재미있다.

'뭐야, 이 사람 너무 재수 없잖아. 댓글 달아야지.'

- 진짜개못났네 ㅋㅋ.

- 그냥 사회에서 매장당할 쌍판임ㅋㅋ

사람들을 욕보이는 말을 하는 것도 재미있다. 어차피 사람들은 내가 이런 말을 해도 내가 누군지 모를 테니 말이다.

다음 날.

"어 그래. 내일 보자."

현실 친구들과 놀고 난 후 나는 어김없이 SNS에 접속한다.

"오늘은 무슨 게시물에 댓글을 쓸까. 이 녀석이 자신이 잘생긴 줄 아는 둥 말하네?"

- 그 얼굴로 돌아다니면 욕 안 먹냐?

'이렇게 댓글을 쓰면 호응을 해주는 사람이 있겠지?'

-그러게ㅋㅋ 개못생겼다.

"바보들 하하."

나는 사람들의 마음을 짓밟는 것에 재미가 들렸다.

다음 날이 되었다.

"아 학교 가기 싫다."

"인공아, 너 이 SNS 앱 알아?"

반에 있던 한 친구가 내게 말을 건넸다. 친해질 수 있는 계기가 될 것 같아 대답했다.

"어, 나 그거 알아."

난 친구를 사귈 마음은 없다. SNS에서도 친구는 많으니까. 인맥도 관계도 너무 애쓸 필요는 없다. 그런데 갑자기 반에 인기 있는 아이가 끼어들며 말을 꺼냈다.

"야, 나 그 SNS 앱에서 악플 단 애랑 싸웠어."

"헐! 악플을 왜 다는 거야?"

내 얘기인가 싶어 무시하려고 했지만 나랑 이야기하던 친구는 이 아이 이야기에 집중하고 있었다.

'내 이야기일까?'

가슴이 두근거리고 식은땀이 난다.

"아니 악플을 왜 다는 거야?"

나는 들키지 않으려고 거들었다.

그러자 나랑 얘기하던 친구가 말을 꺼냈다.

"자신은 용기도 없으면서 남이나 깎아내리는 거지."

난 뼈를 맞는 기분이었다. 하지만 난 내가 그런 아이라는 걸 알리기 싫었다. 현실에서의 이미지는 중요하니까. 하지만 괜스레 찔려 애써 잊으려고 했다.

"차렷. 인사."

학교가 끝난 후 난 집으로 달려갔다. 원래 같았으면 집에 가서

SNS에 접속해 사람들에게 상심을 안겨 주었겠지만 오늘은 왠지 SNS에 악플을 달기가 꺼려졌다. 요즘은 나도 친구들의 게시물을 보고 영감을 받아 나도 나의 일상을 게시물에 담아내고 싶은 마음에 SNS에 들어갔다.

난 우선 근처 친구들과 친해지고 인맥을 쌓기 위해 SNS 채팅으로 말을 걸었다.

- 안녕 나 기억하니?

난 우선 제일 인맥이 넓은 친구랑 친해지려고 한다. 그래야 인기를 얻고 이미지를 만들 수 있을 거다.

-안녕? 나 인공이야. 기억해?
-오! 안녕 너도 이 앱 쓰는구나.
-나랑 팔로우 맺을래?

답장이 없자 난 순간 깨달았다. 내가 아이디를 가리지 않았다는 것을…. 서투른 도둑이 첫날밤에 들킨다 하듯 난 조마조마하며 말을 꺼냈다.
- 저기… 왜 답장이 없어?
- 미안해 잠시 화장실에 다녀와서

난 안도의 한숨을 내쉬었다. 바닥이 꺼지는 기분이었다. 난 이제 사람들의 관심사를 파악하여 게시물을 올려볼 거다. 사람들은 자신의 모습이나 일상을 게시물에 올려 소통하곤 한다. 나도 그 점을 살려 게시물을 올려 인기를 얻을 거다. 우선 태그를 달고 사람의 반응을 기다려보기로 했다.

#일상 #엽사
- 우와 너무 웃겨요 ㅋㅋ
- 재밌어요.

'시작이 좋은걸?'
SNS 스타로 가는 길이 멀지 않은 것 같았다.

- 왜 그러고 사는지 모르겠네 재미도없고

'뭐야 갑자기?'

-이런 듣보도 사람들이 빨아주네

'안 되겠다. 우선 댓글 먼저 삭제하고….'

- 꼴에 댓글 삭제하는거봐라 ㅋㅋ

(전화벨 소리)
갑자기 전화가 울린다.
난 악플러가 나의 전화번호까지 알아낸 건가, 하고 흠칫 놀랐다.
"여보세요?"
"인공아, 혹시 오랜만에 밖에서 놀래?"
양남이 이 녀석 갑자기 전화해서 놀자고 하다니. 악플에 넋이 나간 터라 오히려 반가웠다. 바깥의 시원한 바람을 맞으며 뭐가 잘

못됐는지 생각해 보자.

"어 그래. 나가자."

"무슨 바람이 불어서 나온대?"

"뭐, 그냥 바람 좀 쐬려고. 사실 SNS를 하는데 악플 때문에 어질어질해서."

"너 요즘 SNS에 중독된 것 같아."

"SNS에 중독되다니?"

"현실보다 온라인을 더 중요시한다는 뜻이야."

"무슨 소리야! 아니거든! 나 집에 갈게."

SNS를 질병으로 보는 친구의 말에 큰소리를 내며 집으로 돌아왔다. 난 SNS 중독이라는 것을 부정하며 다시금 SNS에 접속했다. 우선 난 내 게시물에 악플을 단 사람이 누구인지 알아보기로 했다. 하지만 알 도리가 없다. 그러다 눈에 들어오는 단서가 하나 있었다.

'아이디가… yangnam12. 설마 양남이?'

난 순간 절벽에서 떨어지는 듯한 심정이었다. 양남이가 이런 짓을 할 줄은 예상하지 못했다. 그것도 나한테 말이다.

나는 시치미를 떼고 메시지를 보냈다.

- 너 누구야

- 인공아 사실 나야… 양남이

- 양남아 왜 나한테 악플을 단 거야?

- 네가 SNS에서 하는 짓을 봤어… 악플 달고 사람들 깔보는 짓 말이야

난 친구에게 이런 모습을 보였다는 것에 수치심이 들었다.

-양남아 미안해 내가 안 좋은 모습을 보여주고 네가 그런 말을 하면서까지 나에게 교훈을 주다니…

난 오늘을 계기로 SNS에서의 악플과 비난을 멈추고 얼굴을 보이고 대화하지 않지만 예의를 갖추고 활동하기로 했다.

하 인 성

두 세계

두 세계

"만약 저를 뽑아주신다면 최선을 다해 일하겠습니다!"

면접장이 떠나가라 외쳤지만 나에게 돌아온 것은 무뚝뚝하다 못해 싸늘하기까지 한 면접관들의 반응이었다.

올해로 32세인 나는 오늘도 변함없이 축 늘어진 뱃살을 벅벅 긁으며 방구석에 틀어박혀 컴퓨터만 들여다보고 있었다.

"오늘도 뭐하지. 전에 구했던 알바도 잘렸고 만날 친구도 없는데."

그렇게 할 일 없이 컴퓨터만 하고 있던 날, 어떤 사이트를 발견했다. 호기심에 사이트를 들어가서 홈 호면에 보이는 글을 누르고 보았다.

"오… 생각보다 재밌는데?"

처음에는 너무 현실과 동떨어진 느낌이어서 거부감도 약간 들었지만 의외로 재밌는 글도 많이 올라오고 이제는 할 일이 없는 나에게 거의 전부가 되어버렸다. 여기에는 재밌는 글이나 썰도 많이 올라오지만 나처럼 여러 번 실패한 사람들의 실패담도 종종 올라왔다.

"이야, 나보다 더 고생하고 있는 사람도 많이 있네. 나도 저 정도는 아닌 것 같은데."

난 웃기고 슬픈 남의 글들을 보며 낄낄댔다.

이것은 내가 이 사이트를 버릴 수가 없는 이유였다. 이렇게 동질감이 느껴지는 글들을 볼 때마다 위안이 되면서 내가 잘되지 못한 이유를 이 불공정한 사회로 돌릴 수 있기 때문이다. 다짜고짜

합리화한 것만은 아니다. 나름대로 진실한 합리화였다.

저 저번의 면접에서 내 옆에 있던 다른 면접자는 면접관 중 하나랑 같은 대학이란 이유로 합격을 했다. 그때 나는 분해서 일주일 동안 잠을 못 잤다.

또 오래전이지만 아직도 생생하게 기억하는 일이 있다. 내 인생에 두 번째로 면접을 보던 날 그 회사 사장 아들이랑 같이 면접을 봤다. 나는 흔히 불리는 지잡대를 나왔고 면접관은 자신과 다른 그것도 듣도 보도 못한 대학을 나온 면접자를 뽑을 이유가 없었다. 사장 아들이야 두말하면 잔소리다.

그나저나 본론으로 돌아가 이 사이트에는 이게 사람이 할 말인가, 라는 생각이 들 정도로 쓰레기 같은 글도 종종 올라온다. 그런 글은 나와 상관없는 일이라 생각하고 무시했다.

어쨌든 평소처럼 나는 낄낄대며 사이트를 돌아다니다 이런 생각이 들었다.

"나도 한번 내 사연이나 올려볼까?"

나는 나의 실패담과 내가 겪었던 일에 대한 분함을 정리해서 글을 올렸다. 그러자 5분도 안 돼서 격려, 위로 또 나와 같은 의견을 가진 사람들의 댓글이 우후죽순 올라왔다. 처음에는 얼떨떨한 기분이었지만 보고 있자니 내가 인정받는 것 같아 기분이 좋았다. 이 일을 계기로 나는 자주는 아니지만 가끔 글을 올리게 되었다.

"사람들 반응도 재밌고 어차피 나도 할 거 없으니까 가끔 올려보자!"

하지만 조금이라도 덜 자극적으로 글을 쓰면 반응이 싸늘하게 식어 약간의 거짓말을 섞어가며 글을 써야 했다.

어느 날 오랜만에 외출해 길을 걷고 있는데 특이한 옷을 입고 있은 아주머니가 달려가다가 나에게 부딪히고는 적반하장으로 하

는 말이,

"앞 좀 보고 다녀요. 눈을 어디에다 두고 다녀요? 생긴 건 폐인 같이 생겨서."

라고 말하고 쌩 가버린 것이다.

나는 걷잡을 수 없이 화가나 사이트에 그 아주머니가 돈을 내놓으라고 협박했다는 등 팔에 금이 가 병원비가 많이 나왔다는 등 결코 거짓말을 보태 가며 글을 써 올렸다.

"휴 이 정도면 됐겠지?"

그렇게 올린 글의 반응은 엄청났다. 한 개의 글에 이렇게 많은 추천과 댓글이 올라올 수 있나 생각될 정도로 엄청난 반응이었다.

"진짜 신기하네. 사실도 아닌데 사람들이 이걸 좋아해 주네?"

마치 온 세상이 내 것 같았고 이런 기분은 평생 느껴본 적이 없었을 것이다. 그 뒤로 나는 더이상 진실만 있는 글을 쓰지 않게 되었다. 점점 글을 사이트에 올릴수록 내 글은 자극적이게 되었고 세상에 대한 혐오감도 커졌다.

"왜 다들 잘되는데 나만 뭐든 안 되는 거지? 내가 뭐가 부족하다고?"

이런 생각에 사로잡히다 보니 쓰레기 같은 글들을 내가 쓰고 있었다. 그리고 이런 글을 올리다가도 자책감이 들 때는 '내가 현실에서 누구한테 이러는 것도 아니잖아? 그리고 진짜로 이런 세상인 걸 나보고 어떡하라고?' 하며 애써 합리화를 했다. 그래도 기분이 풀리지 않을 때는 잠을 온종일 잤다.

몇 달 동안 이런 생활을 지속하던 어느 아침, 갑자기 다른 생각이 들었다.

'나 지금 뭐 하고 있냐. 방구석에 처박혀서 이런 글이나 쓰고 있고."

갑자기 미래에 대한 공포감이 들고 나 자신이 너무나도 한심하게 느껴졌다. 그래서 오랜만에 큰 결심을 했다. 사이트에 완전히 발길을 끊고 알바부터 차근차근해보기로 한 것이다.

하지만 그것마저 쉽지는 않았다. 보통 나 정도 나이가 되었으면 번듯한 직장에서 승승장구하고 있을 텐데, 이 나이 되고 알바나 하고 있단 사실이 한심하다는 생각이 불쑥불쑥 들었다. 그렇지만 포기할 수 없었다. 여기서 더 늦는다면 기회는 다시 없을 거라고 스스로 다그쳤다.

"그래, 진짜 지금이 아니면 답이 없어."

그렇게 하루하루 열심히 알바를 해서 어느 정도 자금을 모아 공부를 했다. 어디 가서 말 못 할 점수는 아닐 정도로 올렸고 계속하여 여러 회사에 지원서를 넣었다.

"에휴, 마음만 다잡으면 될 것 같았는데, 역시 이 나이에 이 정도 경력으로는 어림도 없나?"

그러다 어느 날 서류 합격을 했다는 문자가 나에게 왔다. 나는 드디어 이 지긋지긋한 생활에서 벗어날 수 있을 거라는 생각이 들었다. 그래서 면접 때 나올만한 질문이나 대답 등을 열심히 연습했다.

면접 날이 다가오고 나는 대기실에서 엄청나게 긴장한 상태로 혼잣말을 속삭였다.

"나 진짜 잘할 수 있겠지? 정말 이번에도 실패하면 어떡하지?"

그렇게 내 차례가 되었고 다른 지원자 2명과 함께 면접장으로 들어갔다. 나는 이 자리에 몇 번이나 있었고 매번 실패했지만 이번에는 다를 것이라 믿고 자리에 앉았다.

면접관이 내 옆에 있던 아주 말끔한 지원자에게 질문했다. 내가 예상했던 질문과 대답이 나오기 시작했고 이제 내 차례였다. 그런데 상상도 못 했던 질문을 했다. 나는 그 질문을 받자마자 머리가 새하얘져 어찌할 줄 몰라 하며 넘겼고 그 뒤로는 내가 무슨 말을 했는지도 모르겠다. 그렇지만 다른 지원자들은 딱딱 맞춘 것처럼 완벽하게 대답했고 그렇게 면접의 막바지에 다다랐고 면접관이 나에게 마지막으로 질문했다.

"만약 당신이 입사하게 된다면 어떤 자세로 일에 임할 것입니까?"

자세히는 기억나지 않지만 나는 또 이렇게 대답했던 것 같다.

"저를 뽑아주신다면 최선을 다해 일할 것입니다."

이번에도 나는 실패했다. 터덜터덜 집으로 돌아왔다. 언젠가의 밤처럼 이날도 잠을 설쳤다. 그리고 다음 날 아침, 나는 어느새 컴퓨터 앞에 앉아 글을 쓰기 시작했다.

김 준 수

미씽

미씽

똑, 똑, 똑.

손을 뻗으면 닿을 듯 말 듯한 천장에서 물이 쉴 새 없이 떨어진다. 물이 새는 천장, 볕이 들지 않는 창문, 곰팡이가 핀 벽지. 누구도 살고 싶지 않아 하는 집이 바로 우리 집이다. 편히 누워 잠을 청할 수도 없는 좁디좁은 집에서 엄마, 아빠와 나는 하루하루 힘들게 살아간다. 요즈음 부쩍 오른 집값 때문에 엄마, 아빠는 걱정이 이만저만이 아닌 듯하다.

"수도권 집값이 전년 대비 세 배 이상 상승…."

소리도 잘 나오지 않는 텔레비전에서는 매일 집값 이야기만 흘러나온다.

"집값도 오르고 월세도 오르고… 우리 같은 사람들은 대체 어떻게 살아가라는 거야?"

TV를 끄며 아빠가 말을 꺼냈다.

"월세가 또 올랐어. 돈이 빨리 들어와야 할 텐데…."

요즈음 들어 얼굴이 더 핼쑥해진 엄마가 말을 꺼냈다.

"왜 이리 참을성이 없어? 오늘 들어오잖아!"

아빠가 구시렁거리며 문을 쾅 닫고 나갔다.

사실 처음부터 엄마와 아빠 사이가 이렇게 안 좋았던 건 아니다. 오르는 집값과 월세 때문에 몇 달 전부터 거의 매일 싸우고 있다. 그러다 보니 둘 다 몸도 마음도 지쳐 보이고, 보는 사람도 힘든 내색이 비치지 않을 수 없다.

아빠가 평소와 다르게 늦게 들어오는 것 같더니, 지독한 술 냄새를 풍기며 집에 들어왔다. 또 아빠의 두 뺨에는 눈물이 흐른 자국도 있다. 아마 들어오기 바로 전까지도 눈물을 흘린 듯 보인다. 눈물을 흘린 이유는 안 봐도 뻔하다. 돈 때문이겠지. 아빠답지 않은 모습에 엄마도 많이 당황한 듯 보인다.

"어휴… 내가 못 살아. 술을 얼마나 많이 먹은 거야?"

엄마가 술 냄새 때문에 눈살을 찌푸리며 말했다.

"여보, 우리 부동산 투자하자."

뜻밖이었다. 엄마도 많이 당황한 듯 보였다.

"무슨 소리야? 아들 들어가서 공부하고 있어. 엄마 아빠 얘기 좀 할게."

엄마는 당황한 기색을 애써 숨기며 아빠를 데리고 방으로 들어갔다. 문틈으로 새어 나오는 대화 소리를 들어보면, 친구에게 부동산 투자를 추천받은 것 같다. 평소엔 땅값, 부동산으로 돈을 버는 사람들 욕을 그렇게 하던 아빠였는데, 이렇게까지 하는 걸 보면 우리 가족이 얼마나 힘든 상태인지 확실히 알 것 같기도 하다. 지금까지 모아뒀던 내 학비까지 써가면서 투자한다는 말에 조금 당황했지만, 문이 열리는 소리에 아무것도 듣지 않은 체하며 공부를 했다.

"우리 아들 시험공부는 잘되어 가고 있지?"

고개를 돌려 대답을 하려 했지만, 엄마의 떨리는 목소리에 대답은커녕 질문도 기억나지 않았다.

시험은 예상처럼 잘 풀렸다. 한 달 동안 밤낮으로 공부한 결과였다. 시험지를 엄마, 아빠에게 자랑할 것을 생각하니 현관문 앞인데도 벌써 설렌다. 그런데 문을 열고 들어가 보니 집 분위기가 평소와는 조금 다른 것 같다. 아니, 많이 다르다. 엄마는 아빠에게 소리 지르고, 거실에 있는 종이란 종이는 모두 흩어지고 바닥에 떨어져 있다. 내 방에 들어가서 거실에서 흘러나오는 소리를 슬쩍 들어보니 아마 투자사기를 당한 듯하다. 현관문이 열리는 소리에 생각을 멈추고 내 방문을 살짝 열어보니 엄마와 아빠가 급하게 나가고 있었다.

평소와는 다르게 집이 어두컴컴하다. 책상 위에는 작은 편지 봉투가 놓여있다. 이 시간대 정도면 아빠는 소파에, 엄마는 부엌에 있어야 하는데 아무도 보이지 않고 아무 소리도 들리지 않는다. 며칠 전부터 어질러져 있던 거실은 아직까지도 치워지지 않았다. 불안한 마음에 서둘러 편지를 확인해봤다. 날 남겨두고 떠난다는 내용이 쓰여 있는 편지였다. 어느 정도 예상은 했지만, 너무 당황해 숨을 잘 쉴 수가 없다. 현관문이 열리는 소리가 들린다. 누구인지 확인해야 하지만 얼굴을 돌릴 힘도, 보고 싶은 마음도 없다. 이모의 목소리가 들린다. 아마 엄마의 연락을 듣고 부리나케 뛰어온 것 같은 숨소리다. 지금 와봤자 무슨 소용인가, 이미 늦은걸.

실종 신고한 지 3달이나 지났지만, 흔적조차 찾을 수 없나 보다. 경찰도 거의 포기한 상태이고 언론에서는 땅값이나 부동산 등 문제 때문에 극단적인 선택이나 도피를 한 사례를 끝도 없이 보도하고 있다. 경찰이 이제 이모 집에서 살아가야 한다고 말했다. 무엇이든 상관없다. 엄마, 아빠만 찾는다면 소원이 없을 것 같다.

이모 집으로 가는 차 안, 창문 밖으로 새끼 강아지 한 마리가 주위를 두리번거린다.

서 윤 성

12월 22일

12월 22일

오랜만에 눈이 저절로 떠졌다. 몸을 반쯤 일으켜 핸드폰을 보니 1시 정도. 결국, 뭉그적대며 이불에서 기어 나왔다. 눈을 비비며 문을 열고 나오자 차가운 공기가 방 안으로 들어왔다. 열린 창문으로 들어오는 햇빛을 받으며 늘어져 있던 고양이가 몸을 몇 차례 뒤틀어 일어난 후 기지개를 펴며 천천히 밥그릇으로 걸어간다.

"알았어. 기다려봐. 창문만 닫고."

밥그릇 앞에 앉아있는 녀석을 한번 쓰다듬어준 뒤 간식 하나를 꺼내 그릇에 준다. 고양이는 간식을 주기 무섭게 먹어 치우고는 소파 위로 올라와 더 달라며 몸을 비벼댄다.

"안 돼. 너 살 빼야 된다고."

소파에 몸을 눕힌 후 고양이 장난감을 휘적휘적하며 한참을 멍하게 앉아 있었다. 장난감을 잡아보겠다며 폴짝폴짝 뛰다 뒤로 넘어지는 모습에 웃음이 픽 새어 나왔다. 그렇게 한참을 방바닥에 누워 고양이와 놀아주다가 어제 길가에서 받아온 광고지를 보았다.

개업 기념 치킨 49.9% 할인

오랜만에 치킨이나 먹을까. 주머니에 만오천 원 정도를 구겨 넣은 뒤 개업했다는 치킨집으로 향했다.

"양념 순살 하나요."

몇 분이 지났을까 따끈따끈한 치킨을 받아 든 뒤 남은 돈으로 상가 옆에 있는 편의점으로 가서 탄산음료 하나를 산 뒤 편의점을 나오는데 뭔가 떨어지는 소리가 들렸다. 동전이라도 떨어졌나 싶어 주변을 돌아봤지만 아무것도 없었다. 두리번거리며 서 있자 편의점 직원이 입구에서 뭘 하나 쳐다보았다. 괜히 뻘쭘해서 마스크를 코끝까지 올리고 집으로 달려갔다. 치킨을 들고 현관문을 열고 들어가니 기다렸다는 듯이 고양이가 반겨주었다.

"아쉽지만 내 밥이야, 네 거 아니다."

치킨 포장을 뜯고 비닐봉지를 옆에 던져놓자 신나서 비닐봉지 속으로 들어가 투닥거린다. 나무젓가락으로 툭툭 건드리니 화들짝 놀라 후다닥 뛰어간다. 조그만 상을 편 후 TV에서 마침 흘러나오는 영화를 보며 치킨을 입속으로 쑤셔 넣고 있을 때 핸드폰이 시끄럽게 울렸다. 담임선생님이 보낸 메시지였다. 요약하자면 코로나 확진자가 나와서 월요일에 임시휴교를 한다는 내용이었다.

'전염병이 이렇게 고마울 줄이야.'

속으로 쾌재를 부르며 "알겠습니다"라고 답장을 보냈다.

그렇게 행복한 월요일이 되었다. 어제 늦게 자서 그런지 꽤 오랫동안 잔 것 같은데 일어나서 핸드폰을 확인하자 학원 단체 톡방에 공지가 하나 올라와 있었다.

1시까지 중3 전원 등원

시계를 확인하자 12시였다.

'알려줄 거면 미리 좀 알려달라고!'

순간 잠이 확 밀려 나가며 거실로 발걸음을 옮겼다. 식탁에는 엄마가 차려놓은 샌드위치가 차갑게 식어있었다. 한입 베어 물고는 바로 냉장고에 집어넣었다.

그리고 어제 입었던 옷을 다시 입은 채 책들을 가방에 쑤셔 넣었다. 학원에 도착하기까지 10분 핸드폰을 보고 있자 10분이 빠르게 지나가고 학원 차가 데리러 왔다. 평소와 다른 건 없었다. 수업 듣고 시험 보고 숙제하고, 끝나면 집에 가고….

"하 드디어 끝났네."

아침을 간단히 먹은 탓인지 배에서 뱃고동이 울렸다. 걷다 보니 횡단보도가 보였다. 깜빡이는 초록 불에 급하게 뛰어가자 숨이 찼다. 마스크에서 새어 나온 날숨에 자꾸 안경알이 뿌예졌다. 안경을 휘휘 흔들어보았지만 사라지지 않아 주머니에 집어넣었다. 붉게 번진 신호등이 푸른색으로 변하고 횡단보도를 가로지른 후에야 집에 도착했다. 도어록을 해제하려 했지만 인식이 안 되는지 검은 화면만이 자리를 지켰다. 결국 문을 몇 번 두드리자 안에서 걸어오는 소리가 들리더니 현관문이 열렸다.